Isabel Rohner

KALTE SOPHIE

Isabel Rohner

KALTE SOPHIE

Kriminalroman

ULRIKE **HELMER** VERLAG

Klimaneutral gedruckt auf FSC-zertifiziertem Frischfaserpapier

ISBN 978-3-89741-469-3

CRiMiNA ist ein Imprint des Ulrike Helmer Verlags

Covergestaltung: Atelier KatarinaS / NL
unter Verwendung einer Fotografie von © Naya Na / AdobeStock
Druck und Bindung: CPI GmbH, Germany

Ulrike Helmer Verlag
Klosterhofstr. 3
65843 Sulzbach

www.ulrike-helmer-verlag.de

Starring

LINN KEGEL

eigenwillige Autorin, die nach ihrem letzten TV-Auftritt einen veritablen Shitstorm an der Backe hat. Sie verfügt über ein verhängnisvolles Talent, in kriminalistische Situationen zu geraten, und braucht auch dieses Mal die tatkräftige Unterstützung von

BETTINA HEIDENREICH

gerade arbeitslose Theaterregisseurin mit weitverzweigter Verwandtschaft – sogar bis nach Osnabrück. Dorthin wollen Linn und sie dem Shitstorm entfliehen und handeln dabei mal wieder nicht im Sinn von

JO HARTMANN

Linns Verleger und als solcher an einem makellosen Ruf seiner Autorin interessiert. Diesen sieht er durch aktuelle Presseberichte und Twittereien akut gefährdet. Blöderweise kann auch seine neue Mitarbeiterin diese nicht verhindern, nämlich

FRIEDERIKE »FREDDY« RASCH

Social-Media-Expertin des Verlags und stets bemüht, niemanden zu diskriminieren. Außer alte Frauen wie

WALBURGA »BURGEL« KRULL

frisch zum dritten Mal verwitwete Neu-Galeristin. Mit der Wiederentdeckung der *Kalten Sophie* des Malers Ferdinand Bramsche scheint ihr ein Coup geglückt zu sein. Diese Meinung wird allerdings nicht geteilt von

RUDOLF MALINCKRODT

emeritierter Professor für Kunstgeschichte und Experte für das Werk von Ferdinand Bramsche. Die *Kalte Sophie* hält er aus Prinzip für eine Fälschung und wird dabei unterstützt von

FRIEDEMANN KLEIN

Assistent des Professors und sein treuer Begleiter. Im Gegensatz zu Malinckrodt kennt er jedoch die Veröffentlichungen von

PAULA ZWIESEL

Kunsthistorikerin ohne Professur, Expertin für Malerinnen der Neuzeit und Nachbarin von

HEIDRUN WRANGEL,

eine alte Frau am Fenster. Sieht von dort alles, also auch

FLORIAN DAUBNER

neuer Inhaber des Galeriegebäudes und damit seit Kurzem Burgel Krulls Vermieter. Er nutzt jeden Vorteil, der sich ihm bietet, genau wie

GUSTAV GRAF

Vorsitzender des einflussreichen Galeristenverbandes und von der Chuzpe Burgel Krulls mehr als irritiert. Damit hält er nicht hinter dem Berg, auch nicht gegenüber

ULRIKE KOHLMEIER

sportbegeisterte Anfangsechzigerin mit einem Geheimnis, das erstaunlicherweise nichts mit Pilates zu tun hat. Natürlich bekannt mit

SEDNA ZIMMERMANN

immer perfekt organisierte Sekretärin von

DIETER KOHLMEIER

offiziell auf Diät, inoffiziell jedoch sehr interessiert an den Häppchen von

NAVID YILDIRIM

sollte sich bei der Galerieeröffnung eigentlich um das Wohl der Gäste kümmern und kein Auge werfen auf

MAGGIE-VENUS GOLIGOWSKI

Reporterin bei der *Trash n' Art*. Sie weiß, wie man auf Twitter Shitstorms lostritt, um die prominenten Opfer dann im Namen des journalistischen Interesses zu verfolgen, so auch

LINN KEGEL

die zwar nichts von Malerei versteht, dafür aber viel von falschen Spielen.

ZUDEM SPIELEN EINE ROLLE

Svetlana, eine Maskenbildnerin
zwei Frauen in der Sauna und ein Mann vor der Dusche
Angela Merkel, Judi Dench und James Bond
der Kater Robert Dudley, Earl of Leicester
Gäste einer Vernissage
hübsche Hostessen, männliche natürlich
Polizisten, ebenfalls männliche
ein präsenter Maler
eine vergessene Malerin
die Kunstgeschichte, große Egos, der Kanon
und schon wieder: viel zu viel Alkohol!

Sie

Als sie die Augen öffnete, sah sie zunächst nichts als Dunkelheit. Es dauerte einige Sekunden, bis die Umgebung schemenhaft erahnbar wurde. Wo war sie?

Steine. Sie sah die Steine einer Mauer, ein paar Schritte von ihr entfernt. Eine Wand. Vielleicht vier Meter hoch. Durch einige Ritzen im Gemäuer knapp unter der Decke drang schwaches Licht. Der Mond? War es Nacht?

Langsam wurden die Konturen klarer. Sie erkannte mehrere Säcke, die an der Wand auf Holzplanken lehnten. In solchen Säcken bewahrte sie im Keller Kohl, Äpfel und Kartoffeln auf. Aber das waren nicht ihre Säcke. Und sie befand sich definitiv nicht in ihrem Keller. Sie roch feuchte Erde. Keine guten Bedingungen, um Gemüse aufzubewahren.

Wie seltsam. Was machte sie hier?

Sie lag auf der Seite. Unter sich spürte sie eine harte Fläche. Vielleicht eine Pritsche? Ihre Wange berührte Holz, ihre Schultern schmerzten. Aber noch schlimmer war der Schmerz in ihrem Kopf. Ein dumpfer, pochender Schmerz.

Sie wollte sich an die Stirn fassen, doch das funktionierte nicht. Ihre Hände waren mit einem dicken Seil hinter ihrem Rücken zusammengebunden.

Die Welle der Panik, die sie erfasste, war so heftig, dass sie fast keine Luft mehr bekam. Doch die war kostbar: In ihrem Mund, das merkte sie erst jetzt, steckte ein Knebel. Ein bereits durchweichtes Tuch, das mit einem Strick um ihren Kopf so befestigt war, dass es nicht verrutschen konnte.

Geschockt riss sie die Augen auf. Wollte aufspringen. Doch das Seil ließ keine Bewegung zu. Ihre gefesselten Hände waren mit einem dicken Knoten an einem Eisenring befestigt, der fest in der Mauer verankert war. Mit ihren Fingern befühlte sie den Ring: Er war eiskalt.

Sie versuchte, ihre Beine zu bewegen, doch auch diese waren am Eisenring festgebunden.

Ihr Kopf pochte, als würde er gleich zerspringen. War es Blut, das sie an ihrer Schläfe fühlte und das auf der harten Pritsche dunkle Flecken hinterließ?

Sie versuchte zu schreien. Doch durch den Knebel drangen nur gedämpfte Laute, die sie mehr an die Rufe eines panischen Tieres erinnerten als an ihre eigene Stimme.

Sie musste sich beruhigen. Sich ganz auf ihren Atem konzentrieren. Ein und aus. Ein und aus. Sie stöhnte, wimmerte.

Wenn sie nur wieder logisch denken konnte, dann ließe sich alles analysieren. Dann ließe sich ein Ausweg finden. Hoffentlich. Vielleicht. Angst. Sie hatte Angst.

Sie musste den Knoten lösen. Sobald ihre Hände frei wären, würde sie einen Ausweg finden. Aber erst musste sie sich beruhigen.

Also ein und aus. Ein und aus. Sie atmete gegen die Panik. Und gegen den Schmerz in ihrem Kopf. Ein und aus.

Was war geschehen? Warum war sie hier, in diesem Kellerraum, geknebelt und gefesselt? Wie war sie hierhin gekommen?

Woran konnte sie sich erinnern? Sie war in ihrem Haus gewesen. Ja, ganz bestimmt. Sie hatte gearbeitet. In ihrem Arbeitszimmer, das sie so sehr liebte, mit Blick auf den Garten. Alles wie immer.

Aber warum war sie jetzt hier und nicht zu Hause? Warum hatte sie Blut am Kopf? Und vor allem: Wer hatte sie hierhin gebracht und sie an die Wand gefesselt, sodass sie sich nicht rühren konnte?

Konnte es etwa sein, dass …?

Sie hielt inne. Ja, das machte Sinn. Auch wenn sie sich nicht erinnern konnte, ihn gesehen zu haben. Aber es machte Sinn. Ihm war das zuzutrauen. Nur ihm. Er musste es gewesen sein.

Plötzlich wurde sie ganz ruhig. Dieser Wicht! Der könnte etwas erleben! So einfach würde er sie nicht besiegen. Da halfen ihm weder Fesseln noch Knebel. Dem würde sie es zeigen. Was bildete er sich ein, wer er war? Und wie er mit ihr umgehen konnte! Dieser unnütze Wurm.

Dann hörte sie Schritte …

Camouflage

»Was ist das denn?«, fragte Maskenbildnerin Svetlana und strich Linn Kegel mehrmals mit den Fingern über die Wange. Linn saß in der Maske des WDR-Studios in Köln und versuchte vergebens, sich ein Gähnen zu verkneifen.

»Der Rest vom Kissenabdruck«, antwortete sie und hob entschuldigend die Schultern. »War vor einer halben Stunde, als ich aufgestanden bin, noch viel deutlicher.«

»Wie bitte? Es ist 14 Uhr. So was habe ich ja noch nie gehört! Noch nicht mal bei einem Popstar – und ich habe sogar schon Mick Jagger für einen TV-Auftritt geschminkt.«

»Vielleicht war ja sein Kissenabdruck auf seinem faltigen Gesicht einfach nicht zu sehen.«

»Pfff!«, lachte die Maskenbildnerin und begann, Linns rote Haare auf große Lockenwickler zu drehen. »So faltenfrei, wie du vielleicht denkst, bist du längst nicht mehr. Auch wenn du erst auf die vierzig zugehst: Deine Haut ist schon da. Und jetzt Ruhe! Ich muss arbeiten – sonst siehst du bei der Aufzeichnung gleich nicht aus, wie alle denken, dass du aussiehst.«

Touché, dachte Linn und betrachtete die verpennt aussehende, ungeschminkte Frau im Spiegel. Zur schlichten Jeans trug sie ein zerknittertes Shirt. Ihre Haut war blass, unter ihren Augen waren deutliche Schatten zu sehen. Huere siech, fluchte sie innerlich in ihrem Ostschweizer Dialekt. Aber warum sollte sie sich auch aufbrezeln? Wie immer vor einem TV-Auftritt würden das andere übernehmen. Zumal ein TV-Make-up eher einer Malerarbeit glich als allem, was sie privat schminken nannte. Gleich, wenn die Aufzeichnung für die Talkshow begann, würde sie im Studiolicht aussehen wie einem Hochglanzmagazin entsprungen: mit perfekt frisierten Haaren, makellosem Teint, straffen Gesichtskonturen und in schicken Klamotten, die ihr Verlag für sie besorgte. Aufgekratzt und gut gelaunt würde sie über ihren neuen Bestseller sprechen. Sie würde eine Linn Kegel sein, wie es sie im wirklichen Leben fern des Rampenlichts nicht gab.

Begonnen hatte diese Karriere in der Öffentlichkeit vor einiger Zeit auf dem roten Teppich der *Festung* in Wien. Für die Premiere von Linns Theaterstück *Schwarze Petra* hatte die Dramaturgin sie komplett durchstylen lassen und ihr sogar eine pressewirksame Begleitung organisiert. Danach waren die Boulevardblätter voll mit Fotos und Berichten von ihr gewesen – und das Interesse hatte bis heute nicht nachgelassen. Dafür sorgte ihr Verlag, der seine Vermarktungsmaschinerie deutlich professionalisiert hatte. Linn wiederum hatte ein paar Medientrainings absolviert. Das erste noch widerwillig, doch dann hatte sie sich auf den Deal eingelassen: Der Verlag verlangte jedes Jahr ein neues Buch von ihr, vermarktete sie öffentlichkeitswirksam – und ließ sie in der restlichen Zeit in Ruhe. Keine nervigen Anrufe ihres Verlegers mehr, keine Nachfragen, keine Kommentare zu ihrer nächtlichen Arbeitsweise. Linn hatte Carte blanche.

Zwar verdiente sie als Autorin immer noch nicht üppig, aber immerhin so viel, dass sie ihr WG-Zimmer in der Kölner Südstadt gegen eine Zweizimmerwohnung in Nippes hatte eintauschen können. Und das war doch eine deutliche Verbesserung. Hier konnte sie nach durchgeackerten Nächten so lange schlafen, wie sie wollte, ohne zu riskieren, dass ihre Mitbewohnerin irgendwann reinplatzte, weil sie unbedingt jetzt sofort über den Putzplan sprechen wollte. Ihre Wohnung war ihr Reich. Denn auch das gehörte zum Deal mit ihrem Verlag: Sie war zwar bereit, aufgestylt im Fernsehen aufzutreten – ihr Privatleben jedoch war tabu. Keine Homestorys, keine spontanen Pressetermine. Ihr Verleger Jo Hartmann war zwar alles andere als begeistert gewesen. Als Linn ihn jedoch darauf hinwies, dass ihre Wohnung genauso unaufgeräumt aussah wie sie selbst, hatte er eingeschlagen. So lebte sie privat ziemlich unerkannt.

Apropos, kam es Linn in den Sinn, wo blieb ihr Verleger überhaupt? Normalerweise war es nämlich Jo Hartmann höchstpersönlich, der ihr die Garderobe für ihre Auftritte in die Hand drückte – wahrscheinlich, um sicherzugehen, dass sie diese auch wirklich anzog. Seit ihrem Auftritt damals in Wien riefen regelmäßig Designlabels bei ihm an, um Linn für ihre Auftritte kostenfrei einzukleiden. Hauptsache, die Marke wurde genannt oder im Abspann eingeblendet.

Just in dem Moment wurde die Tür zur Maske mit einem lauten Knall aufgestoßen und eine Frau mit kurz rasierten Haaren und zahlreichen Piercings stolperte herein. Sie trug einen Berg von Schuhkartons und Klamotten, Letztere fein säuberlich auf Bügeln und umhüllt von Plastikfolie wie frisch aus der Reinigung.

»Huhu!«, rief sie unter dem Stapel hervor, den sie auf einen freien Sessel fallen ließ. »Ich komm vom Verlag und bring die Sachen für Linn Kegel. Ist die schon da?«

»Ist sie«, antwortete Linn. »Sie sieht nur noch nicht aus wie Linn Kegel.«

»Oh krass«, stieß die junge Frau hervor und spielte an ihren Piercings.

»Ich arbeite aber dran«, ergänzte Svetlana trocken und drehte auch noch die letzte Haarsträhne auf einen Wickler. Dann griff sie nach dem Schminkschwämmchen.

»Wir haben ja noch Zeit«, antwortete die Klamottenträgerin kaugummikauend. »Ich bin Freddy. Also eigentlich Friederike, aber ich finde Freddy besser. Ich bin neu im Verlag und mache die Veranstaltungen und Social Media.«

»Ah, Hartmann fand die TV-Auftritte also nicht mehr so prickelnd«, kommentierte Linn lakonisch. »Nachdem er letztes Mal Autogramme von Gottschalk, Jauch und Precht abgestaubt hat, hat er ja auch alles erreicht, was er wollte.«

»Ahaha«, lachte Svetlana schallend auf. »Das ist wirklich keine Kunst, die drei sind doch überall. Jetzt Augen zu!« Sie trug das Make-up dick auf Linns Gesicht auf. Linn konnte sich noch erinnern, wie verblüfft sie gewesen war, dass diese überzeichnete Gesichtsmalerei im Fernsehen völlig natürlich und sogar richtig attraktiv wirkte.

»Eben«, erklärte Linn und versuchte, beim Sprechen möglichst wenige Muskeln zu bewegen, um die Maskenbildnerin nicht bei ihrer Arbeit zu stören. »Wer weiß, wie lange es die älteren Herren noch machen. So viele Shows, wie die moderieren.«

»Wer ist das denn?«, fragte Freddy. »Ich kenn' die gar nicht. Analoges Fernsehen ist nicht so meins.«

Linn öffnete erstaunt die Augen. »Beneidenswert ...!«

»Jetzt nach oben schauen!«, befahl Svetlana und auch die letzten Augenschatten verschwanden unter einer Schicht Make-up.

»Was für ein Theaterkostüm hast du mir denn mitgebracht, Freddy?«

Die Kurzgeschorene verzog fragend das Gesicht. »Theater? Ich dachte, hier geht's um eine Talkshow.«

»Das ist doch trotzdem ein Bühnenauftritt, oder?«

»Stimmt.« Freddy griff mit Elan nach einem der Bügel und hielt ein Kleid in Plastikfolie in die Höhe: »Wie wäre es mit diesem superheißen Minikleid mit Regenbogenpailletten? So was liebt vor allem die schwule Community – und wir haben ja bald wieder CSD-Saison. Lange Ärmel, unten hyperkurz. Dazu die passenden High Heels. Das sieht rattenhammerscharf aus!«

»Hör sofort auf, die Stirn zu runzeln, Linn – damit reißt du Furchen in die Farbe! Mach die Augen nochmal zu«, rief die Maskenbildnerin und trug blitzschnell einen Lidschatten auf, der bei jeder Gothic-Party für Aufsehen gesorgt hätte.

»Gefällt es dir nicht?«, fragte Freddy ungläubig.

»Ich lauf nicht gern bergab«, gab Linn zurück.

»Verstehe ich nicht.«

»Ich kann auf High Heels nicht laufen. Zudem ist das Kleid so kurz, dass bestimmt alle denken, ich hätte die Hose vergessen.«

Freddy nickte bedächtig. »Ja, das könnte tatsächlich sein ... Na, dann habe ich noch zwei andere Outfits. Hier mein persönlicher Favorit ...«

»Gib mir einen Augenblick«, unterbrach Svetlana. »Ich bin mit dem Lidstrich gleich fertig. Dann kann Linn wieder gucken.«

»... ein weißes Trägertop mit Erdbeeren drauf, dazu knallrote Shorts.«

»Nicht euer Ernst! Das muss ich gar nicht sehen, um zu wissen, dass wir das dritte Outfit nehmen. Ganz egal, was es ist.«

»Jetzt kannst du die Augen wieder aufmachen«, erlaubte Svetlana.

Linn warf einen Blick auf das Erdbeer-Outfit. »Das Top ist ja so knapp, dass ich Angst haben muss, dass mein Busen rausfällt. Wer denkt sich denn so was aus?«

»Warum?«, rief Freddy verständnislos. »Holger Kent ist voll die Marke, total angesagt! In New York laufen gerade alle damit rum.«

Linn verdrehte die Augen. »Vielleicht wenn man vierzehn ist und zur Pyjamaparty eingeladen wurde. Ich bin fast vierzig. Ich hasse Tops und ich hasse Shorts. Wäre ich Diktatorin, ich würde Shorts für Volljährige verbieten. Bei Männern und Frauen.«

Freddy betrachtete mitfühlend die kurze Hose und kaute auf ihrem Kaugummi herum. »Also ich finde die mega ...«

»Ich könnte dir die Beine auch noch schminken«, bot Svetlana an und pinselte Rouge auf Linns Wangen, als gäbe es kein Morgen. »Ich krieg da bestimmt zehn Jahre und fünf Kilo weg, kein Problem.«

»Danke, aber etwas Hoffnung habe ich noch«, erwiderte Linn. »Es gibt ja noch eine dritte Möglichkeit.«

»Okay, ich zeig's dir«, seufzte Freddy. »Aber ich sag es direkt: Es ist krass.«

»Krass? Du zeigst mir ein Paillettending ohne Hose und Obstsalat-Unterwäsche, und jetzt kommt was Krasses? Du machst mir Angst.«

Freddy griff nach dem dritten Bügel und zog die Plastikfolie ab. Zum Vorschein kamen eine knallgrüne, weite Hose, dazu ein schlichtes pinkes Shirt mit halblangen Ärmeln.«

»Das sieht doch super aus!«, rief Linn, »und seit der letzten Folge *Shopping Queen* weiß ich auch, dass man den Stil Color Blocking nennt. Das ist gut! Auffällig, aber nicht übertrieben. Sneaker dazu, fertig.«

Svetlana verglich die Shirtfarbe mit ihrer Palette und malte Linns Lippen zufrieden im selben Pink.

Freddy jedoch schüttelte den Kopf und hielt Linn das ausgebreitete T-Shirt demonstrativ vors Gesicht. Auf dem Shirt stand in goldener Schrift *Woman*.

»Siehst du: Ich habe doch gesagt, dass es krass ist.«

»Warum?«, fragte Linn irritiert. »Das stimmt doch. Ich bin eine Frau. Mir gefällt es. Das nehmen wir!«

Freddy riss die Augen weit auf. »Du bist echt mutig. Also ich würde mich das nie trauen.«

Dinner for two

»Tschüss, Schöne, und bis zum nächsten Mal!«, hatte Svetlana zum geschminkten Gesicht gesagt, bevor sie Linn nach der TV-Aufzeichnung mit einem riesigen Wattebausch voller Abschminkcreme abgerieben und die letzten Reste mit einem feuchten Lappen entfernte hatte. Nun waren die Augenringe wieder sichtbar, genauso wie Linns angeborene Blässe.

»Boah, der Unterschied ist wirklich krass.« In Freddys Kommentar hatte für Linns Geschmack eine Spur zu viel echtes Erstaunen mitgeklungen.

Konnte es tatsächlich sein, dass sie das ein wenig getroffen hatte? Linn dachte daran, als sie mit dem Fahrrad auf dem Weg ins Kölner Universitätsviertel war, dem sogenannten *Kwartier Latäng*.

Ja, ein bisschen beleidigt war sie schon. Das musste sie zugeben. Ziemlich beleidigt sogar, wenn sie ehrlich war. Verdammt!

Dabei bildete sie sich auf ihre Uneitelkeit echt etwas ein! Doch sie musste zugeben: Früher war es einfacher gewesen, uneitel zu sein. Mit Anfang zwanzig spielt es schlicht keine Rolle, ob du in der Nacht vorher geschlafen hast oder nicht. Mit Anfang zwanzig sind alle Menschen schön – na gut, fast alle. Auch mit Anfang dreißig schimmert noch genug Jugendlichkeit durch die Poren, um ungekämmt zumindest noch als attraktiv zu gelten.

Doch mit zunehmender Dunkelheit der Schatten um die Augen und sichtbarer Tiefe der Denkerfalte auf ihrer Stirn hatte ihre uneitle Nachlässigkeit an Charme verloren und drohte nun, nur noch nachlässig zu sein.

Egal, dachte Linn und trat energisch in die Pedale. Ihre perfekt frisierten Haare – »Keine Maskenbildnerin bei der gesamten ARD kriegt eine so perfekte Wallawalla-Tolle hin wie ich!«, hatte Svetlana gesagt – hatte sie achtlos mit einem Haargummi am Hinterkopf zusammengebunden. Die Sendung würde heute Abend ausgestrahlt werden, da säße sie längst gemütlich bei ihrer Freundin Bettina Heidenreich beim Essen.

Mit Bettina war Linn schon seit ihrer gemeinsamen Zeit in einer Kölner Künstleragentur befreundet. Linn hatte dort immer mal wieder gejobbt. Bettina hatte es sogar bis zur Geschäftsführerin gebracht, bis sie sich für das finanziell unsichere Leben als freie Theaterregisseurin entschieden hatte. Nach einigen Erfolgen war Bettina gerade mal wieder arbeitslos. Ein Zustand, der ihre ohnehin nur sehr subtil charmante Freundin nicht unbedingt umgänglicher machte.

Linn bog vom Zülpicher Platz in die Hochstadenstraße ein und hielt vor dem Haus mit der Nummer 25. Nach dem Klingeln musste sie ungewöhnlich lange warten, doch dann erklang das vertraute Summen und die Tür ließ sich öffnen.

Was zur Hölle riecht hier so?, dachte Linn, als sie das Treppenhaus betrat. Eine unangenehme Mischung aus *angebrannt* und *alten Sportsocken* stieg ihr in die Nase.

Die Wohnung von Bettina lag im zweiten Stock. Zu ihrem großen Bedauern wurde der Gestank auf dem Weg dorthin stärker.

Bitte lass es nicht das Essen sein, stieß Linn ein Stoßgebet nach oben, als sie die nur angelehnte Wohnungstür aufstieß.

»Hallo?«, rief sie laut und hielt die Luft an.

»Ich bin in der Küche«, hörte sie Bettinas tiefe Stimme fröhlich rufen. »Komm rein!«

»Boah, was ist hier denn los?«

»Überraschung!«, trällerte Bettina freudestrahlend. »Ich habe gesagt, ich koche für dich, also koche ich heute für dich.« Sie hatte sich eine Hello-Kitty-Schürze um den runden Leib geschnürt und rührte gerade wild in einem Topf. Aus dem leicht geöffneten Backofen drang dichter Rauch.

Linn versuchte, durch den Mund zu atmen. »Toll, Bettina, wirklich ganz toll. Aber das hättest du nicht tun müssen. Bestellen geht immer.«

»Was heißt hier müssen? Ich hab ganz vergessen, wie viel Spaß kochen macht. Normalerweise macht das ja immer Xaver. In guter Arbeitsteilung: Er kocht, ich esse, er spült, ich schalte schon mal den Fernseher ein, er räumt auf, ich wähl' den Film aus.«

Bettina kicherte ihr tiefes, etwas schepperndes Kichern. Sie war einige Jahre älter als Linn, ihre braune Hexenmähne war durchzogen mit Silberfäden. »Kann ich allen Frauen sehr empfehlen! Und natürlich: Niemals zusammenziehen! Meinst du, Xaver und ich wären fünfundzwanzig Jahre zusammen, wenn wir nicht beide eine Wohnung hätten? Ganz bestimmt nicht!«

Linn hielt den Qualm und Geruch nicht länger aus. Sie riss das Fenster auf und schnappte nach Luft.

»Wechseljahre?«, fragte Bettina. »Bist du dafür nicht noch etwas zu jung? Oder ist dir einfach so warm?«

»Genau, das wird's sein«, versicherte Linn und atmete tief ein und aus.

»Und wie war's bei Plasberg – oder bei wem warst du gerade auf dem Sofa?«

»Plasberg gibt's nicht mehr. Ich war bei was Neuem, *Kult-Kultur* oder *Kultur-Kult* oder so ähnlich, ich kann's mir nicht merken. Der WDR produziert das für die ganze ARD. Drei Gäste hintereinanderweg, jeweils zwanzig Minuten Talk. Ganz nett.«

»Und worum ging's?«

»Na, worum schon? Um mein neues Buch und die üblichen Fragen: Wie viel von mir steckt in der Hauptfigur, ist nicht eigentlich jedes Schreiben autobiografisch, kenne ich Schreibblockaden, was kommt als Nächstes.«

»Du tust so, als läge das auf der Hand. Dabei gibt es tausend Kochshows, Talk-Shows und Bla-Bli-Blubb-Shows mit Leuten wie dir – und man fragt sich, was die da machen. Oder dieses Dschungelcamp! Da geht's ja auch nicht um das, was die Leute leisten, sondern vor allem um die Hoden, die sie essen.«

Linn lachte laut auf. Ihre barocke Freundin hatte einfach ein Händchen, Dinge auf den Punkt zu bringen. Oder auf die Hoden.

»Ich musste zum Glück keine Hoden essen. Es war ein wirklich nettes Gespräch, nichts Besonderes und schon gar nichts Aufregendes. Das Öffentlich-Rechtliche macht hier zur Abwechslung mal was für seine Zielgruppe. Die hatten sogar eine Moderatorin, die war über sechzig.«

»Das gab's ja noch nie«, nickte Bettina anerkennend und rührte in dem großen Topf. »Und wann wird die Sendung ausgestrahlt?«

»Heute Abend, ich glaube sogar, Primetime. Aber das soll uns nicht stören. Ich muss mir das nicht anschauen. Das Publikum soll danach einfach meine Bücher kaufen, damit ich weiter meine Miete zahlen kann. Du verpasst überhaupt nichts.«

»Da bin ich aber froh. Schließlich musst du mein Essen probieren. Reicht's jetzt mit der frischen Luft? Ich find's für Anfang Mai ganz schön kühl.«

Linn schaute zweifelnd auf den Backofen, aus dem immer noch dicke Schwaden kamen. Immerhin war die Luft in der Küche jetzt wieder so, dass sie atmen konnte. »Was wird das denn?«

»Oh, du wirst auf die Knie sinken!«

Höchstens ohnmächtig, dachte Linn.

»Erst eine Knoblauch-Wacholder-Crèmesuppe und danach Blätterteig-Calzone mit Algen-Veilchen-Füllung. Ich dachte, wir bleiben heute mal vegetarisch. Die Rezepte stammen von meiner Tante Burgel.«

Linn stutzte. Die Verwandtschaft spielte in Bettinas Erzählungen immer eine sehr prägnante Rolle – das galt auch für die weitverzweigten Familienbünde von Xaver. Linn kannte unzählige Anekdoten und Geschichten, wusste zum Beispiel, dass Xavers Onkel Friedemut in Neuseeland mit der Friseurin seiner ersten Frau einen Laden mit bayerischen Souvenirs eröffnet hatte, obwohl – oder vielleicht gerade deshalb – eben diese erste Frau aus dem Ruhrpott kam und Borussia-Dortmund-Fan war, während ihre Friseurin aus Schwaben stammte. Oder dass der Mann von Xavers jüngerer Schwester – der aus Bremen, nicht der, die in Bad Homburg lebt – im embryonalen Stadium wohl ein Zwilling war, wie sich bei seiner Prostatauntersuchung herausstellte: Er hatte nämlich zwei davon.

Aber von einer Burgel hatte Linn noch nie gehört.

Bettina hatte ihren fragenden Blick offensichtlich gesehen, denn sie schien zur Erklärung anzusetzen.

»Wart mal! Gib mir vorher noch was zu trinken, dann bin ich ganz Ohr«, unterbrach Linn sie gut gelaunt.

»Bedien' dich. Du weißt, wo alles steht.«

Das ließ sich Linn nicht zweimal sagen. Mit einem Glas weißem Rueda hörte es sich doch gleich viel besser zu.

Sie machte es sich an Bettinas Küchentisch gemütlich und lauschte den Ausführungen. Und so erfuhr sie, dass Burgel eigentlich Walburga hieß und die jüngere Schwester von Bettinas Mutter war. Zwar hatte die junge Burgel mal Kunstgeschichte studiert – so wie Bettina, die ihr Studium nach vierunddreißig Semestern dann aber doch abgebrochen hatte –, jedoch nie in dem Bereich gearbeitet. Stattdessen hatte sie ihn geheiratet. Immer wieder. Insgesamt drei Mal. Und keiner ihrer Männer hatte die Ehe überlebt. Der Erste – Egon, ein Kunsthändler aus Hamburg – war auf einem Spaziergang im Wald von einem herabstürzenden Ast erschlagen worden. Der Zweite – Eberhard, ein Kunsthändler aus Dresden – war an einem Stück Birne erstickt. Und der Dritte – Erich, ein Kunsthändler aus Freiburg – war beim Anblick von Burgel im aufreizenden Negligé einem Herzinfarkt erlegen. So zumindest die offiziellen Erklärungen. Während all ihrer Ehejahre hatte Burgel sich um die jeweiligen Häuser gekümmert – und sie hatte gekocht.

»Ah, daher die Rezepte«, gelang es Linn zu erwähnen. Dann ging es auch schon weiter. Denn ja, daher kamen die Rezepte. Doch nicht aus einer Tantenpflicht zur Unterstützung der küchenuntauglichen Nichte – nein: Burgel hatte Bettina sämtliche Notizbücher mit Rezepten geschenkt. Denn die Tante war wild entschlossen, niemals wieder in ihrem Leben zu kochen. Jetzt, wo auch ihr dritter Ehemann unter der Erde lag, wollte sie endlich beruflich durchstarten und morgen in Osnabrück eine eigene Galerie eröffnen.

»Warum denn ausgerechnet Osnabrück?«, schüttelte Linn fassungslos den Kopf. »Warum nicht Paris, Mailand oder Rom, wenn sie doch die Kohle hat.«

Bettina hatte bereits während ihrer Erzählung den Tisch gedeckt und die gefährlich dampfende Suppe direkt im Topf in die Mitte gestellt. Dann holte sie den tief gebräunten Blätterteig aus dem Backofen und ließ ihn samt Backpapier auf einen Teller gleiten. »Genau das wollte sie eben nicht. Osnabrück ist ihre Heimatstadt, daher die Entscheidung für den Standort.«

»Wenn das ihr Ding ist.«

»Hast du nicht Lust, mitzukommen?«

»Wohin?«

»Zur Galerieeröffnung meiner Tante. Wird bestimmt lustig. Sie hatte immer ein Händchen für Veranstaltungen, an die man sich auch noch Jahre später erinnert.«

Hoffentlich nicht nur wegen ihrer kulinarischen Künste, dachte Linn. Sie warf einen misstrauischen Blick auf das Essen. Der Geruch nach Sportsocken war nicht zu überriechen.

»Ach, ich weiß nicht. Um ehrlich zu sein, weiß ich noch nicht einmal genau, wo Osnabrück liegt.«

»Eben drum! Es wäre eine Gelegenheit, ein paar Wissenslücken zu schließen. Und Osnabrück ist total hübsch. Die Stadt des Westfälischen Friedens! Die Stadt an der Hase!«

»An der was?«

»Hase. Der Fluss durch Osnabrück heißt Hase. Hase wie Hamster. Egal. Überleg es dir. Ich fahr morgen Nachmittag und bleibe dann ein paar Tage bei meiner Tante. Burgel hat ein großes Haus am Westerberg, das ist die beste Gegend.« Bettina griff in ihre Handtasche, die unter dem Küchentisch stand. »Hier übrigens der Flyer zur Eröffnung, kannst du behalten.«

Linn warf einen Blick auf den minimalistischen Flyer, auf dem schöne, moderne Ausstellungsräume abgebildet waren. *Galerieeröffnung mit Weltsensation*, stand darauf und: *Galerie Krull zeigt das verschollene Gemälde KALTE SOPHIE von Ferdinand Bramsche!*

»Warum zeigt sie auf dem Flyer denn keine Kunst, wenn sie Kunst zeigen will?«

»Keine Ahnung. Ich glaube, sie denkt, das macht den Effekt größer.«

Schulterzuckend stopfte Linn den Flyer in die Tasche ihres Hoodies.

»Und das sind wirklich Rezepte von deiner Tante?«, fragte sie vorsichtig.

Bettina warf ihr einen strafenden Blick zu und probierte die Suppe direkt aus dem Topf. Linn wollte sich ein Stück vom Blätterteig abschneiden, der jedoch unmittelbar bei der Berührung zerbröselte und einen Schwall übelsten Geruchs freigab.

Beide verzogen synchron das Gesicht und wichen zurück.

»Okay, Pizza oder Thai?«, fragte Bettina »Und mit Burgel werde ich ein ernstes Wörtchen sprechen. Wenn das ihr Kochstandard war, glaube ich bei den drei Ehemännern nicht mehr an Unfälle. Die haben allesamt Selbstmord begangen!«

Linn hob erleichtert ihr Glas.

Der Sturm

Das Handy brummte in einer Tour. Erst hatte Linn das Geräusch noch in ihre Träume einbauen können, doch inzwischen ging das nicht mehr. Verpennt schob sie sich die Schlafbrille auf die Stirn und schielte auf das Display: achtzehn Anrufe in Abwesenheit, vierunddreißig neue SMS, fünfundzwanzig WhatsApp-Nachrichten. Selbst ihre Signal-App, die sie eigentlich gar nicht verwendete, meldete fünfzehn Mitteilungen. Was zum Geier war denn da los?

Doch Linn kannte sich lange und gut genug: Bevor sie sich mit irgendetwas beschäftigen konnte, brauchte sie erst einmal einen Kaffee und etwas zu beißen. Selbst wenn sie gleich erfahren würde, dass Köln im Begriff stand, von Außerirdischen angegriffen zu werden, würde sie darauf nicht verzichten. Ohne Kaffee wäre sie gar nicht erst imstande zu fliehen. Und sie wäre schlecht gelaunt. Damit wäre auch ausgeschlossen, dass ihr irgendjemand auf der Flucht helfen würde. Also konnte sie es auch direkt sein lassen und erst mal Kaffee trinken.

Während ihr Handy weiterbrummte – zum Glück hatte sie sämtliche Klingeltöne und Anrufmelodien schon vor Langem abgestellt, es nervte sie einfach zu sehr –, schlurfte sie in ihre Küche und kümmerte sich ums Frühstück.

Das Essen bei Bettina war dann doch noch ganz lecker geworden, Lieferdienst sei Dank. Sie hatten bis circa halb zwölf zusammengehockt, dann hatte sich Linn wieder auf ihr Fahrrad geschwungen und den Nachhauseweg nach Nippes angetreten.

Der Kaffee schmeckte köstlich. Dazu schmierte sich Linn Quark mit Pflaumenmus auf eine dicke Brotscheibe, für sie immer noch der Inbegriff eines Kölschen Frühstücks. Genüsslich biss sie hinein.

Nach einer kurzen Unterbrechung begann ihr Handy erneut zu brummen.

Nein, Außerirdische konnten nicht das Problem sein. Auch kein drohender Vulkanausbruch in der nahen Eifel. Wenn Linn ehrlich war, kannte sie niemanden, der sie so hartnäckig vor irgendeiner Gefahr warnen würde. Noch nicht einmal Bettina. Der würde das wahrscheinlich erst Stunden später einfallen, wenn sie längst in Sicherheit war.

Also konnte es eigentlich nur ihre Mutter sein oder ihr Verleger Hartmann. Von beiden kannte sie solche Anrufattacken von früher. Aber das war schon lange nicht mehr vorgekommen. Eine Weile war ihre Mutter geradezu fixiert gewesen auf die Entwicklung ihres Privatlebens, hatte dauernd nach möglichen Ehe- und Kinderplänen gefragt. Doch dann hatte sie mit fünfundsechzig auf Teneriffa Juan kennengelernt. Inhaber der besten Tapasbar von ganz Santa Cruz und satte zwanzig Jahre jünger. Seitdem war das kein Thema mehr. So ein Zufall aber auch.

Nach einem Blick auf das Display drückte Linn auf den grünen Hörer.

»Guten Morgen, Herr Hartmann. Schon wieder Sehnsucht nach mir?«

Ihr Verleger holte am anderen Ende hörbar genervt Luft. »Sie sind unmöglich, Frau Kegel! Unmöglich!«, stieß er in einem Schwall hervor. »Sie sind wie der Straßenarbeiter, der *STOP* auf die Straße malen soll und die Reihenfolge der Buchstaben ändert. You had one job! One job! Und noch nicht mal das kriegen Sie auf die Reihe. Dabei dachte ich wirklich, wir hätten bei unserer Zusammenarbeit endlich ein annehmbares Level erreicht. Aber nein: Frau Kegel tut mal wieder so, als sei sie allein auf dieser Welt!«

Linn hatte sich die Suada befremdet angehört und mit der Zunge die letzten Brotreste aus ihren Zahnzwischenräumen beseitigt. Nun aber reichte es ihr: »Jetzt machen Sie mal halblang, Hartmann. Wir sind hier nicht bei der Weltmeisterschaft im Autorinnenbeschimpfen. Kommen Sie wieder runter und sagen Sie mir, was los ist.«

»Was los ist?«, zeterte Hartmann weiter. »Ich soll Ihnen sagen, was los ist? Sagen *Sie* mir, was mit Ihnen los ist! Diese Show gestern war doch das reinste Geschenk: Nettes Format, nette Moderatorin, nette Fragen – und dann machen Sie so einen Mist!«

»What?«, rief Linn. »Das stimmt doch überhaupt nicht. Ich habe nichts erzählt, was ich nicht schon woanders erzählt habe.«

»Und warum ist dann das Netz voll mit Berichten, Sie würden Minderheiten diskriminieren und Männer hassen?«

»Bitte, was?«

Es klingelte an der Tür, doch dafür hatte Linn jetzt keinen Nerv. Sollte der Briefträger die Post doch bei der Nachbarin abgeben, wenn sie nicht in den Briefkasten passte.

»Freddy hat mir gesagt, dass sie Sie noch gewarnt hat.«

»Ich verstehe gar nichts mehr: Minderheiten waren gestern gar nicht das Thema. Außer Frauen natürlich, aber ich weigere mich, Frauen als Minderheit zu sehen. Wir sind zweiundfünfzig Prozent! Und dass ich Männer hasse,« Linn war kurz versucht, diese Anschuldigung für eine männerfeindliche Pointe zu nutzen, entschied sich jedoch angesichts Hartmanns Humorlosigkeit dagegen, »ist so pauschal dann doch nicht ganz richtig. Außerdem habe ich mit Freddy überhaupt nicht über den Inhalt des Interviews gesprochen. Die hat mir doch nur die Kostüme gebracht.«

»Eben!«

»Sorry, Hartmann, ich verstehe Sie immer noch nicht.«

»Sie haben dieses T-Shirt getragen.«

Linn hätte sich fast am Kaffee verschluckt. »Das T-Shirt? Die

Leute regen sich über das T-Shirt auf? Weil da *Woman* draufstand, oder was?«

»Weil es suggeriert, dass Sie Männer ausschließen! Weil es Schwule ausschließt. Von Transsexuellen ganz zu schweigen. Was haben Sie sich nur dabei gedacht?«

»Haha!« Jetzt musste Linn doch lachen. »Wollen Sie mir echt sagen, es haben sich Leute beschwert, weil sie finden, sie seien bei einem T-Shirt, auf dem *Woman* steht, nicht mitgemeint?! Was machen die Leute dann bei einem Shirt, auf dem *Esprit* steht? Sprengen die dann das Studio in die Luft?«

Sie konnte förmlich hören, wie Hartmann um Fassung rang. »Sie haben es wirklich noch nicht verstanden, Frau Kegel: Sie haben einen Shitstorm am Hals! Unser Verlag hat einen Shitstorm am Hals! Seit gestern sind über eintausend Hasskommentare gepostet worden – und zig Zeitungen und Onlinemedien haben Ihren Auftritt inzwischen aufgegriffen und berichten darüber. Und glauben Sie mir: Die sehen das alle nicht positiv!«

»Die berichten, dass eine Frau im Fernsehen ein T-Shirt getragen hat, auf dem *Frau* stand? Das ist doch keine Nachricht. Das ist lächerlich! Gibt es denn keine wichtigen Themen mehr, auf die sich die Presse stürzen könnte? Sind die Taliban und Mullahs schon besiegt? Gibt es keine strukturellen Probleme mehr, Gender Pay und Care Gap geschlossen?«

»Hören Sie auf mit Ihren Klugscheißereien und nehmen Sie die Situation endlich ernst! Ein Shitstorm in diesem Ausmaß kann Sie Ihre Karriere kosten. Am besten, wir bringen direkt heute eine Entschuldigung von Ihnen, inklusive Foto, auf dem Sie betroffen in die Kamera schauen und ein T-Shirt mit dem Aufdruck *Forgive me* tragen. Wir haben es schon in Auftrag gegeben.«

»Nein.«

»Was?«

»Vergessen Sie's.«

»Wie bitte?«

»Ich sagte: Vergessen Sie's!« Die letzte Spur Heiterkeit war aus Linns Stimme gewichen. »Ich werde mich mit Sicherheit nicht entschuldigen. Das sehe ich gar nicht ein.«

»Frau Kegel, machen Sie uns nicht unglücklich. Ich habe ja Verständnis für Ihre Sicht. Und ja, dass die Presse sich auch noch darauf stürzt, ist ein Armutszeugnis. Aber das nützt uns nichts. Erinnern Sie sich nicht mehr an den Auftritt von Adele bei den Brit Awards 2022? Dort hatte sie auf der Bühne gesagt, sie liebe es, eine Frau zu sein. Auch das hat einen Shitstorm ausgelöst – und selbst Adele hat sich entschuldigt! Und wir sind uns doch einig, dass sie in einer anderen Liga spielt.«

»Das ist komplett an mir vorbeigegangen«, erwiderte Linn fassungslos. »Aber, offen gesagt, ist es dann noch wichtiger, dieses Spielchen nicht mitzuspielen. Ich werde mich nicht entschuldigen, definitiv nicht. Wofür auch? Etwa dafür, dass ich eine Frau bin?«

»Aber eine Entschuldigung ist allemal besser als schlechte Presse! Gerade kommt über den Ticker, dass die *Trash n' Art* schon den zweiten Artikel über den Vorfall veröffentlicht hat. Die sind an Ihnen dran, sagt Freddy. Das ist eine Vollkatastrophe.«

»Vorfall? Es gibt doch überhaupt keinen Vorfall, verdammt nochmal. Und überhaupt, was ist denn *Trash n' Art*? Noch nie davon gehört.«

Hartmann stöhnte laut auf. »Das ist das wichtigste und verbreitungsstärkste Boulevardmedium überhaupt! Was die ins Netz stellen, erscheint direkt auch auf Englisch, Spanisch und Arabisch. Das geht buchstäblich um die Welt. Und wissen Sie, was die über Sie schreiben? *Bestsellerautorin entpuppt sich als Männerhasserin.* Na, bravo! Und das, wo das Sommerferiengeschäft vor der Tür steht. Wer soll denn noch Ihre Bücher kaufen, wenn Sie den Stempel *Männerhasserin* tragen? Kein Mann wird je ein Buch von Ihnen kaufen!«

»Tja, womit wir wieder bei den zweiundfünfzig Prozent wären. Die bleiben glücklicherweise noch«, gab Linn unbeeindruckt zurück.

»Okay, Frau Kegel, ich sehe schon, so wird das nix. Wenn Sie sich nicht entschuldigen wollen, wird der Verlag das für Sie übernehmen.«

Linn schenkte sich nochmals Kaffee nach. Dieses Gespräch wurde immer verrückter. »Sie wollen sich ernsthaft dafür entschuldigen, dass ich ein Shirt getragen habe – übrigens ein gesponsortes! –, das einigen nicht gefallen hat? Sind wir in der Kita? Mir war nicht bewusst, dass Sie erziehungsberechtigt sind.«

»Sehr witzig. Wirklich sehr witzig. Natürlich wird sich der Verlag nicht zu Ihrem Auftritt äußern. Aber wir werden klarstellen, dass Sie weder männerhasserisch, noch schwulen- oder transfeindlich sind.«

»Ich glaube ja nicht, dass das irgendetwas hilft. Diese Leute werden nur hören, was sie hören wollen. Aber tun Sie, was Sie nicht lassen können.«

Hartmann schien nachzudenken. »Und Sie? Was tun Sie?«

»Wie, was tue ich? Der Sturm tobt im Netz und nicht in Nippes.«

»Unterschätzen Sie das nicht, Frau Kegel: Zu viele Leute in Köln wissen, wer Sie sind und wo Sie wohnen. Und irgendeiner quatscht immer. Ich wette mit Ihnen, dass in ein paar Stunden die Presse vor Ihrem Haus steht.«

Da hatte ihr Verleger allerdings einen Punkt. Aber was konnte sie dagegen schon tun?

Gedankenverloren spielten ihre Finger mit dem Ausstellungsflyer von Burgel Krull, den sie gestern Nacht achtlos und zerknittert auf den Küchentisch gelegt hatte.

»Frau Kegel? Sind Sie noch dran?«

Linn zögerte kurz. Dann traf sie eine Entscheidung. »Ach, da fällt mir ein: Ich wollte sowieso ein paar Tage wegfahren. Osnabrück soll ja eine sehr hübsche Stadt sein.«

Die Frau im Schatten

Mist, jetzt war ihr schon wieder ein Nagel abgebrochen! Warum konnte sie auch partout nicht aufhören, mit der Spitze ihrer langen Gelfingernägel in ihren Ohren rumzupopeln, wenn sie nervös war?

Maggie-Venus Goligowski öffnete das Handschuhfach ihres nachtschwarzen Porsche Taycan und angelte sich eine Nagelfeile heraus. Sie musste das Unglück begrenzen und die scharfen Kanten des Gelnagelüberrests weghobeln. Auch wenn diese Feile dafür nicht geeignet war. Stattdessen bräuchte sie eine dieser eigens auf Gelnägel abgestimmten Kristallfeilen – aber die lagen in ihrer Wohnung. Darum nun notgedrungen Stahl. Sie musste nur aufpassen, dass der Nagel nicht splitterte.

Vierundachtzig Euro hatten ihre Nägel gekostet. Und jetzt war einer schon im Eimer. Eigentlich war ja diese Autorin schuld. Aber gut, es sei ihr verziehen. Wenn diese Geschichte so weiterging wie geplant, dann würde ihr das die Gelfingernägel der nächsten Jahre finanzieren – ach was! Der nächsten Jahrzehnte!

Goligowski warf die Feile zurück ins Handschuhfach, mit einem Auge weiterhin die Haustür der Hochstadenstraße 25 im Blick. Was trieb die Kegel nur in die Wohnung dieser übergewichtigen Regisseurin? Dachte sie echt, sie könnte sich hier verstecken?

»Da hast du dich böse verrechnet«, flüsterte sie.

Diese Geschichte würde der *Trash n' Art* richtig viel Geld

bringen. Das war ihr unmittelbar klar gewesen, als sie diese Alte-Leute-Sendung mit Linn Kegel im TV gesehen hatte. Darum hatte sie mithilfe ihrer fünfzehn verschiedenen Twitteraccounts auch direkt den Shitstorm gestartet. *Lisa Schmidt, Christine Maier, Fred Kühn, Rostock for ever, Netzelfe, Cheyenne99, Selberdenker* und wie sie alle hießen, hatten sich alle, sagen wir mal, kritisch zu Kegels Auftritt geäußert. Sie hatte die Beiträge dann jeweils mit ihren anderen Accounts geliked, kommentiert und geteilt, hatte ein paar andere User verlinkt – es hatte nur Minuten gedauert, bis das Thema von selbst lief. Da hatte sie ihren Artikel mit der Überschrift *ARD bietet Männerfeindin Podium* für die *Trash n' Art* bereits geschrieben und online gestellt – und bämm, tobte die Empörung durchs Netz. Jetzt galt es, den Shitstorm zu Geld zu machen. Zu viel Geld. Dazu brauchte sie Klicks. Und weitere Artikel.

Je mehr Klicks, desto mehr Werbeeinnahmen. Je mehr Berichte mit reißerischen Überschriften, umso mehr Klicks. Umso mehr Geld. Und umso näher kam sie ihrer Beförderung. Jedenfalls hatte Martin, ihr Chef, so was angedeutet.

Ein Schauer lief über ihren Körper, als sie daran dachte. *Chefin Investigativ* bei der *Trash n' Art* – das wollte sie unbedingt. Mit sechsundzwanzig wäre sie damit eine der einflussreichsten Journalistinnen des Landes. Und dann würde sie ihren Porsche Taycan kaufen und nicht nur leasen. Aufgeregt griff sie nach der Flasche neben ihrem Sitz. *Fit me* stand in glitzernden Buchstaben darauf. Goligowski nahm einen großen Schluck von dem cremigen Shake und warf direkt danach einen prüfenden Blick in den Rückspiegel. Alles noch perfekt. Ihr Lippenstift hielt wirklich gut und sah zum neuen Platinblond einfach heiß aus.

Heute früh hatte sie direkt nachgelegt: *Warum hasst Linn Kegel Männer?* war der Titel ihres neuen Textes. In den sozialen Medien wurde er gerade von Männern von rechts bis links geteilt und kommentiert. Einer hatte sogar eine Petition gegen Rundfunkgebühren gestartet: *Wir finanzieren keinen Männerhass!* In nur drei Stunden hatten schon über siebzigtausend Leute unterzeichnet! Darauf ließ sich wunderbar aufbauen.

Für ihren nächsten Artikel brauchte sie aber unbedingt ein Foto oder Video. Deshalb hatte sie heute Morgen bei der Kegel vor dem Haus gewartet. Sie hatte sogar geklingelt. Zwar hatte sie nicht ernsthaft damit gerechnet, dass die Autorin öffnen und ihr auch gleich noch ein Interview geben würde – aber probieren konnte man es ja mal.

Einige Zeit später hatte Linn Kegel das Haus verlassen. Maggie-Venus Goligowski hatte sie erst fast nicht erkannt, so anders sah sie ungeschminkt aus, und deshalb zu lange gezögert. Schon hatte sich die Frau aufs Fahrrad geschwungen und war losgefahren.

»Was soll das heißen, du hast das Foto verpasst?«, hatte Martin sie angebrüllt. »Los, du blöde Ziege, fahr ihr hinterher!«

Die *blöde Ziege* hatte sie geärgert, aber der Ton in den Redaktionen war nun einmal etwas rauer. Das meinte Martin nicht böse. Sonst würde er sie ja wohl kaum befördern wollen. Auch Köche fluchten. Das war in anderen Berufen genauso normal. Man durfte halt kein dünnes Fell haben. Aber das hatte sie auch nicht. Eine *blöde Ziege* machte ihr gar nichts!

Maggie-Venus Goligowski war der Autorin in gebührendem Abstand hinterhergefahren. Bis in die Hochstadenstraße 25. Wie gut, dass direkt gegenüber, vor *Manni's Rästorang*, ein Parkplatz frei war. Das Schicksal war eindeutig auf ihrer Seite!

Ein Blick auf die Klingelschilder hatte ihr verraten, wo die Kegel untertauchen wollte: Bettina Heidenreich war auch für die *Trash n' Art* keine Unbekannte, wenn auch bei Weitem nicht so interessant. Ihre Leser hatten es nicht so mit arbeitslosen Frauen, die ab und zu einen alten Schinken auf die Bühne brachten. Und ihr Gewicht war für den Boulevard eindeutig ein Problem. Seit einiger Zeit funktionierte Fat Shaming nicht mehr, vor allem Leserinnen nahmen es einem Text übel, wenn die Körperfülle einer Person im Fokus stand.

Goligowski verdrehte beim Gedanken daran die Augen. Was für Luschen! Wenn es nach ihr ginge, würde sie allein zum Trotz über fette Leute schreiben! Die hatten doch alle ihr Leben nicht im Griff!

Warten. Das war der Part an ihrem Job, den sie nicht mochte. Aber gut, das gehörte bei einer Investigativ-Journalistin dazu. Und sie war schließlich ein Profi.

Sie war immer auf alles vorbereitet: Sie hatte ihren Laptop dabei, hatte einen hervorragenden Hotspot, und in ihrem Kofferraum hatte sie noch eine ganze Palette *Fit me*. Damit käme sie eine Woche klar.

Sie nutzte die Zeit, um ihre Twitteraccounts zu checken und weitere Artikel, auch der Konkurrenz, zu teilen. Es war schließlich wichtig, dass die Accounts nicht auf sie zurückzuführen waren. Und was war unauffälliger, als auch Artikeln der Konkurrenz mehr Sichtbarkeit zu verschaffen.

Den nächsten Kegel-Artikel hatte sie bereits geschrieben. Sie brauchte nur noch ein Foto, dann würde sie *Männerhasserin Kegel auf der Flucht* online stellen. Sie hatte alles unter Kontrolle.

Endlich ging die Haustür auf. Schnell griff sie nach ihrer Handtasche und stieg aus.

Die beiden kamen direkt auf sie zu. Sie wollten offensichtlich in die Kyffhäuser Straße und damit in Richtung Barbarossaplatz einbiegen – und da beide Gepäck dabei hatten, sah es nicht so aus, als würden sie nur mal eben um den Block spazieren.

»Bettina! Bettina Heidenreich, was für ein Zufall«, rief Maggie-Venus Goligowski betont überrascht, als die beiden auf ihrer Höhe waren. »Erinnerst du dich nicht mehr: Ich war auf deiner letzten Premiere. Katharina! Katharina Schulz.«

Goligowski hatte die Erfahrung gemacht, dass sich Künstler immer geschmeichelt fühlten, wenn man von der letzten Premiere sprach – und sich nie jemand von ihnen an irgendwelche Leute erinnern konnte. Das lieferte ihr den perfekten Vorwand, so zu tun, als würde man sich persönlich kennen. Vor allem, wenn man irgendeinen Allerweltsnamen nannte. Schließlich hieß doch gefühlt die Hälfte der Frauenwelt auf solchen Events Katharina.

»Tach«, antwortete die Heidenreich denn auch. »Sorry, aber wir haben's eilig.« Sie wollte sich schon wieder wegdrehen, aber Goligowski hatte ihre Angel bereits erfolgreich ausgeworfen.

»Oh schade, ich hätte dich und deine Begleiterin glatt zu einem Kaffee eingeladen. Hast du vielleicht heute Nachmittag Zeit?«

»Sorry, nein, ich bin ein paar Tage weg.« Bettina Heidenreich durchforstete sichtlich ihr Hirn nach ihr, wollte sich jedoch offenbar nicht die Blöße geben, sich nicht erinnern zu können. Alles lief wie geplant.

»Interessant. Arbeitest du an einem neuen Stück? Wohin geht es denn?«

»Ach, nur nach Osnabrück zu einer Galerieeröffnung. Aber wir müssen jetzt, sonst fährt der Zug ohne uns.«

Goligowski winkte den beiden nochmals zu und machte, sobald sie sich umgedreht hatten, blitzschnell ein Foto. Als Teaser für ihren Fluchttext würde das reichen. Die Regisseurin und die Kegel verschwanden in Richtung Barbarossaplatz.

»Nach Osnabrück also ...«, sagte Maggie-Venus Goligowski leise. »Ausgezeichnet.«

Sie

Als sich die Kellertür öffnete, stellte sie sich schlafend. Durch ihre Wimpern konnte sie ihn jedoch erkennen, schwaches Licht drang aus dem Flur herein. Ihr Verdacht bestätigte sich.

Sie spürte, wie er sie anstarrte, sich über sie beugte. Sie fühlte seinen Atem auf ihrer Haut. Sie gab sich alle Mühe, ihn nicht merken zu lassen, dass sie wach war. Dazu war noch nicht der richtige Zeitpunkt. Er würde sonst ihre Wut spüren, ihre abgrundtiefe Wut. Solange sie an die Wand gefesselt war, war dies zu gefährlich.

Ihr Gehirn aber arbeitete auf Hochtouren. Sie sah drei Möglichkeiten:

Sollte er sie losbinden, während er annahm, dass sie schlief, würde sie ihrem Hass freien Lauf lassen. Dann würde sie ihn in Stücke reißen. Sie würde ihm ihre Finger in die Augenhöhlen rammen und auf ihn eintreten und einschlagen, bis er wimmernd am Boden lag.

Sollte er wieder gehen – vielleicht war er nur hergekommen, um sich zu vergewissern, dass sie wirklich hier war –, würde sie selbst versuchen, die Fesseln zu lösen. Wenn ihr das gelang, musste sie nur noch einen Weg aus dem Keller finden. Verschnürt und unbeweglich, wie sie war, schien ihr das eine vergleichsweise kleine Aufgabe.

Sollte es ihr jedoch nicht gelingen, die Fesseln zu lösen – und bei diesem Gedanken zog sich ihr Inneres zusammen –, musste sie bis zu seinem nächsten Besuch warten und ihn dann dazu bringen, sie loszubinden. Um jeden Preis, am besten mit einer Ruhe und Sanftheit, zu der sie jetzt nicht fähig war.

Sein Atem roch nach Schnaps und Wurst. Schattenhaft sah sie, wie er seine Hand nach ihr ausstreckte. Sie konzentrierte sich darauf, keine Regung von sich zu geben. Nur so gelang es ihr, nicht zusammenzuzucken, als er ihre verletzte Stirn berührte.

Nach einigen Sekunden, die ihr wie eine Ewigkeit vorkamen, richtete er sich wieder auf und ging zum Ausgang.

Vorsichtig öffnete sie ihre Augenlider einen kleinen Spalt. Sie sah, wie er sich in der offenen Tür nochmals zu ihr umdrehte. Mit einer Hand fingerte er in seiner Hose herum. Er stöhnte.

Nach einer gefühlten Ewigkeit fiel die Tür schwer ins Schloss und wurde von außen verriegelt.

Ihre Augen blitzten wütend in der Dunkelheit.

Im Zug

»Nein, mein Name ist nicht Bramsche, ich schreibe über Bramsche... Jetzt hören Sie mir doch mal richtig zu, junge Frau! Mein Name ist Malinckrodt – mit *zehkah* und *dehteh*: Rudolf Malinckrodt.«

Der Mann telefonierte so laut, dass Linn und Bettina in ihrem Zugbereich mehrere Meter entfernt gar keine andere Chance hatten, als ihm zuzuhören. Sehen konnten sie ihn nicht.

»Ja, sagen Sie das Ihrem Redakteur ... Ich schicke ihm den Text heute noch zu ... Nein, über Bramsche, nicht über Brahms!«

»Bramsche. Das ist doch der Maler, den deine Tante ausstellt. Oder?«, raunte Linn Bettina zu. Die beiden saßen im überraschend mager besetzten IC von Köln nach Osnabrück. Doch was nützte das, wenn eine einzige Person so viel akustischen Raum einnahm wie dieser penetrante Telefonierer?

»Kann sein, hab ich mir nicht gemerkt. Diese berühmten Männerkünstler klingen doch alle gleich«, antwortete Bettina. »Hauptsache, das Catering ist gut!«

»Und das aus dem Mund einer Kunsthistorikerin.«

»Einer abgebrochenen.«

»Ja, Bramsche. So schwierig ist das nun wirklich nicht, junge Frau ... Wie bitte? ... Also diesen Ton können Sie sich wirklich schenken. Was denken Sie denn, wer Sie sind? Wiederhören!«

Offenkundig war das Telefonat nun zu Ende und der Mann wendete sich, leider mit ebenso durchdringender Lautstärke, seinem Gegenüber zu.

»Gutes Personal ist schwer zu finden. Diese Schnepfe war auch wieder so ein Fall. Alles muss man zweimal sagen. Mindestens. Und dann meint sie auch noch, sie sei übrigens über dreißig, ich könne mir mein *junge Frau* sparen.«

»Das hat sie getan?«, war eine zweite, höhere Männerstimme zu hören. »Das ist unerhört!«

»Und unfreundlich. Einfach unfreundlich.«

»Das kann einem ja glatt den Tag verderben. Ich hoffe, Sie lassen sich davon nicht zu sehr runterziehen, Herr Professor.«

»Jetzt darf man noch nicht mal mehr am Telefon übergriffig sein!«, äffte Linn den Mann nach.

»Also wirklich: Unerhört! Unerhört, sage ich!«, spielte Bettina mit tiefem Bariton mit. Beide brachen in Gelächter aus.

Malinckrodt fuhr unbeirrt von etwaigen Störgeräuschen fort: »Dabei müsste die Zeitung dankbar sein, dass sie von mir einen Text bekommt. Ich bin ja schließlich nicht irgendwer.«

»Also das können Sie laut sagen, Herr Professor! Sie sind *der* Experte, wenn es um Bramsches Werk geht. Seit wann befassen Sie sich mit ihm? Seit zwanzig, dreißig Jahren?«

»Oh, Sie schmeicheln mir, lieber Herr Doktor Klein!«, antwortete Malinckrodt. »Tatsächlich befasse ich mich seit meinem Studium mit Ferdinand Bramsche. Habe ich Ihnen das noch nie erzählt? Ich hatte das große Glück, direkt im ersten Semester auf sein Werk zu stoßen. Das sind, lassen Sie mich rechnen ... Das sind nun achtundvierzig Jahre! Es gibt einfach keinen zweiten Naturmaler wie ihn! Seine Moorlandschaften sind unübertroffen.«

»Wirklich unvergleichlich!«

»Und wie klug von ihm, dass er sich schon früh auf diese Stärke besonnen und fokussiert hat. Andere Künstler hätten zweifellos diesen Mut nicht gehabt und hätten auch andere Sujets oder Stile ausprobiert. Nicht so Ferdinand Bramsche! Er war geradlinig und blieb sich treu. Er malte immer nur die Natur! Moor, Wildnis, Wald. Und immer die Schweiz.«

»Die Schweiz?«, rief die Schweizerin Linn ungläubig. »Huere siech, was ist das denn für ein Zufall?«

»Die Schweiz?«, fragte der Begleiter.

»Ja, die Schweiz. Aber nicht die Confoederatio Helvetica, falls Sie daran gedacht haben, sondern die Dammer Schweiz. Ferdinand Bramsche hat die Region nördlich von Osnabrück zeit seines Lebens kaum verlassen. Bis zu seinem Tod 1805 nicht. Haben Sie das schon wieder vergessen?«

»Auch das noch«, stöhnte Linn.

»Was meinst du?«, fragte Bettina.

»Dieser Typ ist 1805 gestorben.«

»Na und?«

»Das ist auch das Todesjahr von Schiller. Man kriegt echt den Eindruck, dass diese kanonisierten Jungs alle gleich sind. Sie heißen alle ähnlich – und dann haben sie sich auch noch bei den Lebensdaten verabredet.«

»Gewagte These.«

»Und siehst du das?« Linn hatte den zerknitterten Ausstellungsflyer hervorgeklaubt und hielt ihn Bettina unter die Nase. »Ferdinand Bramsche – das ist tatsächlich der Maler, von dem deine Tante ein Bild zeigt. Ich sag dir, der Herr Professor Mansplainer ist auch auf dem Weg zur Vernissage.«

»Und wenn schon. Das kann ja dann ganz lustig werden. Hauptsache, das Catering stimmt. Hab ich schon gesagt?«

»Das ist bemerkenswert«, schleimte die zweite Männerstimme. »Diese Konzentration auf die Natur ist faszinierend. Das haben Sie ja auch in Ihrer Biografie über ihn herausgestellt.«

»Umso ungeheuerlicher, dass diese Galeristin heute Abend eine Fälschung zeigt. Dass dieses Porträt von Ferdinand Bramsche stammen soll, ist absurd.« Die Stimme des Professors verriet deutlich seinen Ärger. »Ein Hirngespinst!«

»Natürlich. Niemand kennt Bramsche wie Sie.«

»In der Tat, das tue ich! Ein subalterner, neidischer Zeitgenosse hat dieses Gerücht in Umlauf gebracht. Blöderweise ausgerechnet in einem Brief an Goethe, der ja jeden Fitzel über und an sich gesammelt hat. Nur deswegen hat dieser Blödsinn überhaupt überlebt – hätte der Neider es an irgendjemand sonst geschrieben, kein Hahn hätte danach gekräht. Nur Goethe, dieser Angeber, musste das natürlich direkt in einem Brief an Eckermann weitertratschen, 20. September 1831. Und von da an hieß es immer, Ferdinand Bramsche habe neben seinen Hunderten von Naturbildern auch noch ein einzelnes Porträt einer Frau hinterlassen, doch dieses sei verschollen.«

»Wirklich ärgerlich, dass ausgerechnet Goethe –«

»Alles Unfug! Allein der Titel ist völlig unter Bramsches Würde: *Kalte Sophie!* Undenkbar! Aber ich werde mich darum kümmern, das verspreche ich Ihnen!«

»Was meinen Sie damit?«, fragte der Andere erstaunt.

»Das spielt jetzt keine Rolle«, erklärte der Professor knapp. »Aber merken Sie sich: Hätte diese Krull einen echten Bramsche, würde sie das Bild ja wohl abdrucken. Aber weder auf dem Flyer noch auf der Pressemitteilung, die sie quer durchs Land verschickt hat, war das Porträt zu sehen. Sie wollte es mir noch nicht einmal zeigen, als ich sie persönlich angefragt habe. Und ich bin schließlich *der* Experte. Daher kann es sich nur um eine Lügengeschichte handeln!«

»Ist nicht nächste Woche Kalte Sophie?«, sagte Bettina versonnen und ließ ihren Blick über die vor dem Zugfenster vorbeirasende Landschaft schweifen.

»Was?«, antwortete Linn verdutzt.

»Na, Kalte Sophie.« Bettina wandte sich Linn zu. »Das ist doch die fünfte Eisheilige.«

»Sorry, ich hab *Die Eiskönigin* nie gesehen.«

»Ich spreche nicht von Disney, sondern von einer Bauernregel.«

»Auch da kenne ich mich nicht aus. Ich komm zwar aus der Schweiz, aber ich habe nie eine Kuh besessen.«

»Haha, Frau Bestseller. Also, ich erklär's: Die Bauern haben über die Jahrhunderte festgestellt, dass es im Mai immer nochmal kalt werden kann und dass sie besser erst danach mit der Aussaat beginnen. Diese kalten Tage werden Eisheilige genannt. Frag mich nicht, wie die anderen heißen, aber der letzte dieser Tage ist die Kalte Sophie.«

»Dann ist es ja ziemlich gutes Timing.«

»Was?«

»Dass deine Tante ihre Galerie jetzt eröffnet.«

Bettina zuckte mit den Schultern. »Keine Ahnung, ist mir auch egal. Hauptsache, das Catering ist gut.«

Nackte Wahrheiten

Der Schweiß lief Gustav Graf in Strömen über die Glatze und von dort übers Gesicht. Aber diese Blöße würde er sich nicht geben. Garantiert nicht. Er würde definitiv erst nach den beiden Frauen gehen. Schließlich hatten die schon in der Sauna gesessen, als er gekommen war. Da konnte er nicht vorher aufgeben. Das würde ja aussehen, als wäre er ein Weichei. Ein Waschlappen. Einer, der nichts aushält. Und dabei hielt er viel aus. Genau deshalb hatten die Leute Respekt vor ihm und manchmal auch ein bisschen Angst. Das war gut so.

Doch leider machten die beiden Frauen keine Anstalten, den Saunagang endlich zu beenden. Im Gegenteil: Die mit dem üppigen runden Busen schien der mit dem Spitzbusen in einer für ihn unverständlichen Sprache gerade etwas Wichtiges zu erzählen. Sie wirkte dabei auffallend konzentriert und ernsthaft. Nur ab und zu unterbrach sie ihre Rede, manchmal übernahm dann der Spitzbusen, manchmal lachten beide auf, was wiederum die üppigen runden Brüste in Bewegung versetzte.

Gustav Graf machte sich gar nicht erst die Mühe, woanders hinzusehen. Wenn die Frauen nicht wollten, dass man auf ihre Brüste sah, mussten sie ja nicht in die Sauna gehen.

Seltsam, dass Busen so unterschiedlich aussehen konnten. Auch die Brustwarzen und die Höfe drumherum hätten bei den beiden Frauen nicht verschiedener sein können. Bei dem üppigen Runden waren beide riesig, während die Brustwarzen bei dem

Spitzzulaufenden eher wie kleine Johannisbeeren aussahen. Ganz hart und rund, sogar bei der Hitze. Angefasst hätte er beide gerne, da war er flexibel.

Brüste. Die Welt war voll davon, gefühlt wurden es immer mehr. Frauen waren inzwischen einfach überall. Gustav Graf wischte sich den Schweiß von der hohen Stirn.

Das erinnerte ihn daran, dass er am Abend zur Galerieeröffnung dieser Krull gehen wollte. Dabei war sie immer noch nicht Mitglied in seinem Galeristenverband. Eine Unverschämtheit! Wenn die Alte das nicht in den nächsten Tagen nachholte, wäre das eine offene Kriegserklärung. Alle Galeristen, die etwas auf sich hielten, waren bei ihm Mitglied. Und sie waren mit seiner Arbeit zufrieden, sonst würden sie ihn kaum seit über fünfundzwanzig Jahren immer wieder zum Präsidenten wählen. Er hatte hervorragende Kontakte in die Politik und zur Presse. Und seine Mitglieder wussten auch sonst, was sie an ihm hatten.

Ein Grinsen huschte über sein verschwitztes Gesicht.

Und jetzt kam ausgerechnet diese Krull und brachte sein System durcheinander. Schon allein, dass diese alte Kuh mit ihren über sechzig der Meinung war, einfach so eine Galerie eröffnen zu können – und das auch noch in seiner Stadt! –, war an Frechheit kaum zu überbieten. Und dann wollte sie ihnen auch noch einen echten Bramsche unter die Nase reiben! Einen Bramsche! Mehr Regionalkolorit ging bei einem gebürtigen Osnabrücker Maler ja fast nicht. Und damit konnte sie sicher sein, dass die Zeitungen und der Regionalsender kommen würden. Für eine Galerieeröffnung wäre das eine ziemliche Sensation.

Sein Körper war nun komplett schweißgebadet. Von Rücken und Brust triefte es, seine eng anliegenden Ohren glühten. Ihm war entsetzlich heiß.

Der üppige und der spitze Busen jedoch unterhielten sich immer noch. Sie sahen auch gar nicht verschwitzt aus. Eigentlich im Gegenteil. Sie hätten so auch in irgendeinem Restaurant sitzen können, natürlich mit etwas mehr an. Wobei Gustav Graf auch die Etablissements kannte, wo auf Kleidung beim Essen keinen Wert gelegt wurde.

Er schnappte nach Luft und warf einen Blick auf die kleine Sanduhr an der Wand. Er war inzwischen dreizehn Minuten in dieser Hitze. Normalerweise machte er pro Saunagang nie mehr als zwölf Minuten, lieber nur neun. Ein bisschen würde er wohl noch schaffen. Das wäre dann aber auch Rekord.

Ja, die Galerie. Warum ging diese Alte nicht einfach in Rente? Sollte sie doch Socken stricken, Enten füttern oder ihre Enkelkinder wickeln. Was Frauen im Oma-Alter halt sonst so taten. Sein Freund Wieland hatte ihm zwar erzählt, dass sie eine gebürtige Osnabrückerin war. Sie sei sogar auf derselben Schule gewesen wie sie, aber wohl ein paar Jahrgänge unter ihnen. Aber darauf konnte er keine Rücksicht nehmen. Sie wilderte in seinem Revier. Und niemand wilderte ungestraft in seinem Revier! Das würde auch die alte Krull sehr bald einsehen. Die würde sich noch wünschen, ihn nie getroffen zu haben!

Die Frau mit dem Spitzbusen war nun aufgestanden. Gott sei Dank! Gleich hätte er es geschafft. Wusste er's doch, dass er mit den beiden locker mithalten konnte!

Doch was machte sie? Sie ging gar nicht zur Tür – sie griff nach der Kelle für den Aufguss! Eine leichte Panikwelle durchströmte ihn.

»Wenn Ihnen das zu warm ist, sollten Sie besser rausgehen und sich abkühlen«, sagte sie mit einem prüfenden Blick auf seinen verschwitzten Körper – hatte sie gerade auf seine Brüste gestarrt? – und mit deutlichem Akzent.

»Ach was«, gab er zurück und bemühte sich, möglichst unaufgeregt zu klingen. »Machen Sie ruhig. Zu warm kann es mir gar nicht werden. Ich komme seit zwanzig Jahren jede zweite Woche hierher.«

»Oh, jede zweite Woche«, wiederholte die Spitzbusige. Die beiden Frauen kicherten, als der heiße Dampf aufstieg.

Er hatte das Gefühl, von einer heißen Wand erschlagen zu

werden. In seinem Gesichtsfeld tauchten grelle Flecken auf. In seiner rechten Schläfe pochte es.

Mein Gott, mein Hirn fängt an zu kochen, wenn ich jetzt nicht gehe, dachte er.

»Na gut, ich muss es ja nicht gleich übertreiben«, sagte er, als er taumelnd aufstand und zur Tür wankte. Geistesgegenwärtig hielt er sein Handtuch fest, sonst wäre es ihm just vor den beiden Frauen runtergerutscht.

Die beiden achteten jedoch gar nicht auf ihn, sondern unterhielten sich weiter in ihrer Geheimsprache.

Draußen musste er sich erst einmal an die kalte Kachelwand lehnen und die Augen schließen.

»Hast du etwa versucht, länger als diese beiden Frauen in der Sauna zu bleiben«, hörte er die besorgte Stimme von Karl-Heinz. Auch er saunierte seit vielen Jahren hier.

Gustav Graf gab nur ein schwaches »Mmmmmh« von sich. Dass ausgerechnet Karl-Heinz ihn in dieser Situation sehen musste, passte ihm überhaupt nicht. Karl-Heinz war ein altes Plappermaul.

»Das war keine gute Idee.«

»Danke, habe ich auch gemerkt.«

Er spürte, wie sich Karl-Heinz zu ihm beugte. »Nimm es nicht persönlich. Du hattest nie den Hauch einer Chance«, raunte er ihm ins Ohr. »Die kommen aus Finnland. Die saunieren da jeden Tag, manchmal mehrfach. Sogar am Flughafen in Helsinki gibt es eine Sauna. Das hat mir Manfred erzählt. Der und Theo haben auch versucht, länger als die beiden drin zu bleiben. Stell dir vor: Sie sind dabei fast kollabiert! Manfred musste sich hinlegen, mit Beinen hoch – das volle Programm. Soll ich dich in die Dusche begleiten? Abkühlen hilft.«

Graf riss die Augen auf. »Mit Sicherheit nicht. Mir geht's gut. Aber diese blöden Fotzen sind gemeingefährlich. Ich werde mich beim Betreiber beschweren, allein, um Männer wie Manfred und Theo zu schützen, die körperlich nicht so fit sind wie ich.«

Karl-Heinz nickte anerkennend. »Tu das, Gustav, tu das. Damit tust du allen Männern hier einen großen Dienst. Das werden sie dir nicht vergessen.«

Und dieser Krull, dachte Gustav Graf, werde ich zeigen, wo der Hammer hängt. Die kann sich auf etwas gefasst machen.

Vorbereitung ist alles

»Nein, Robert Dudley, Earl of Leicester, du alter Charmeur, das reicht jetzt. Ich habe keine Zeit mehr zum Schmusen, ich muss gleich los.«

Paula Zwiesel schob den roten Kater sanft zur Seite, was dieser jedoch als erneute Aufforderung verstand, seinen Kopf an ihrem Oberarm zu reiben. Sie saß auf ihrem Sofa und schrieb nervös Stichwörter auf ein paar Karteikarten.

»Später, Dudley, später. Mama muss gleich zu einem Termin, einen Vortrag halten. Vielleicht klappt es dann doch noch mit einer Professur. Wär das nicht schön, Dudley? Endlich nicht mehr dauernd umziehen. Endlich könnten wir mal sesshaft werden.«

Der Kater sah sie irritiert an. Offensichtlich hatte er überhaupt kein Verständnis dafür, dass sein Frauchen nicht sofort seine Bedürfnisse befriedigen und ihn kraulen wollte. Er mauzte sie vorwurfsvoll an, dann sprang er vom Sofa und verschwand.

»Jaja, schon klar«, murmelte Paula Zwiesel vor sich hin. »Lass mich ruhig mit meiner Aufregung allein. Warum sollte es mir auch besser gehen als Elisabeth I.? Auf das Haus Leicester ist einfach kein Verlass.«

Erneut sah sie ihre Karten durch. Hatte sie an alles gedacht? Die Anforderungen waren nicht gerade gering: Ihr Vortrag durfte auf gar keinen Fall zu lang sein – dafür war das Publikum nicht genügend vom Fach. Gleichzeitig musste er fachlich auf den Punkt sein – dafür war das Publikum wichtig genug. Auch der

Fachbereichsleiter der Kunstgeschichte der Uni würde bestimmt da sein, wo sie aktuell eine Professur vertrat. Die wievielte war das eigentlich inzwischen? Nach der dritten Vertretungsprofessur hatte sie aufgehört zu zählen. Jedes Mal hatte es geheißen, dass sie die ideale Besetzung für eine Professur sei. Sie mit ihrem Spezialgebiet auf der europäischen Kunst der frühen Neuzeit – eine Zeitspanne, die mal eben vom 14. bis 18. Jahrhundert reichte und damit locker fünfhundert Jahre abdeckte. Nur warum – dieser Vorwurf kam immer wieder – der Schwerpunkt auf die Werke von Malerinnen? Das sei ja schon irritierend. Ob sie dadurch die Werke der männlichen Maler – ja, das war jeweils der Ausdruck, den die Herren Professoren an dieser Stelle gern verwendeten – nicht zu gering schätzte?

Ganz und gar nicht, hatte sie über Jahre darauf hin geantwortet: Sie würde sich durchaus auch mit den Werken der Maler dieser Zeit auskennen, von Van Eyck und Van der Weyden bis Botticelli, Raffael, Michelangelo und Dürer. Doch ihr sei es eben wichtig, nicht den Fehler vieler männlicher Kollegen – sie hatte sich angewöhnt, dies mit einem gewissen Nachdruck zu sagen – zu machen und das Schaffen der Künstlerinnen auszublenden. Dass Artemisia Gentileschi zu den am besten bezahlten Kunstschaffenden des 17. Jahrhunderts gehörte, sei ja nun bekannt. Ob sie sich täusche, oder hatten die Kollegen tatsächlich noch nie etwas über Sofonisba Anguissola, Elisabeth Vigée Le Brun, Marie-Gabrielle Capet, Angelika Kauffmann oder Leonore Kulmbach publiziert? Ohne diese Künstlerinnen könne man, sie sei sich sicher, das Werk der männlichen Künstler gar nicht verstehen, seien sie doch stark von den malerischen Innovationen ihrer Kolleginnen beeinflusst worden. Sie würde den Herren zu dieser Thematik ihre Doktorarbeit und ihre Habilitation sehr ans Herz legen.

Inzwischen hatte Paula Zwiesel verstanden, dass diese Replik bei den Professoren und Fachbereichsleitern nicht gut ankam. Die Herren mit ihren gut dotierten, sicheren Posten auf Lebzeiten fühlten sich entweder in ihrer Ignoranz ertappt oder aber in ihrer Autorität angegriffen. So kam es, dass Paula Zwiesel zwar hochgelobt Professuren vertreten durfte, doch nie auf eine reguläre Professur berufen worden war. Und mit zunehmendem Alter fiel die Wahl auch immer gerne mit dem Argument *Nachwuchsförderung* auf einen jungen – natürlich männlichen – Assistenten eines befreundeten Professors einer anderen Universität.

Dieses Mal aber sollte es anders laufen. Dieses Mal hatte Paula Zwiesel bei der Bewerbung auf die Vertretung ihre umfangreichen Forschungsarbeiten über die Malerinnen auf ein Minimum gekürzt und den männlichen Kanon betont. Auch ihre Seminare und Vorlesungen waren dieses Mal Kanon pur. Es langweilte sie zwar zu Tode und sie hatte regelmäßig das Gefühl, ihren Studierenden nur die Hälfte der Wahrheit beizubringen – doch was sollte es: Sie wollte eine Professur.

Und heute Abend würde sie dem Ganzen die Krone aufsetzen, indem sie bei dieser Galerieeröffnung einen Vortrag über Ferdinand Bramsche halten würde, einen regionalen Maler aus dem 18. Jahrhundert. Wenn sie das nicht professorabel machte, wusste sie es auch nicht.

Diesmal musste es klappen. Und es würde klappen, da war sie sich sicher. Schließlich wurde sie bald achtundvierzig. So viel Zeit, noch eine Professur zu ergattern, hatte sie nicht mehr. In den meisten Bundesländern war mit fünfzig, allerspätestens mit zweiundfünfzig auch der letzte Zug abgefahren. Dann würde sie bis zum Renteneintritt Professuren vertreten und spätestens alle ein, zwei Jahre in eine andere Stadt umziehen müssen. Und ihr kleiner Liebling würde sie dafür hassen.

Willkommen in Osnabrück

Es war kurz nach vier, als Linn und Bettina in Osnabrück ankamen. Beim Aussteigen aus dem Zug konnten sie die beiden Männer, deren Unterhaltung sie während der Fahrt akustisch belästigt hatte, dann auch in Gänze sehen: einen Älteren mit einem Haarkranz aus weißen Locken und einen Jüngeren, der den spießigen Anzug seiner Konfirmation aufzutragen schien. Fehlte nur die blassrosa Nelke im Knopfloch. Tatsächlich stiegen die beiden Männer ebenfalls aus.

»Wetten, dass wir die heute Abend treffen?«, raunte Linn Bettina auf dem Bahnsteig zu.

»Und wenn schon«, antwortete diese. »Wenn Burgel volles Haus hat, kann das für sie nur gut sein.«

Linn kratzte sich am Kinn. »Ich hoffe, du hast recht. Nenn mich paranoid, aber ich habe bei dem Alten ein ganz komisches Gefühl.«

»Du schreibst zu viele Krimis und gehst zu selten unter echte Menschen, Frau Bestseller. Mach dir nicht solche Gedanken, sondern lass uns jetzt zum Westerberg fahren.«

»Ah ja: Was in Zürich die Goldküste ist, ist in Osnabrück der Westerberg, nicht wahr?«

Bettina lachte kehlig. »Wahrscheinlich würden die Leute vom Westerberg das exakt so sehen – die Leute von der Zürcher Goldküste würden allerdings für die Westerberger vermutlich eine Spendenaktion veranstalten. Alles eine Frage der Perspektive.«

Eine Viertelstunde später setzte ein Taxi sie vor einer mächtigen Haselhecke ab, die schon lange keine Heckenschere mehr gesehen hatte. Linn und Bettina stießen das eingerostete Gartentürchen auf. Es ächzte laut. Hinter der Hecke kam ein von Efeu umwuchertes altes Haus mit Türmchen zum Vorschein. Es wehte ein kühler Wind.

»Wenn es jetzt auch noch regnen würde, hätte ich ein Déjàvu«, stellte Linn fest.

»Warum?«

»Das wirkt alles ein bisschen wie das Schloss in Rocky Horror. Fehlt nur noch der bucklige Diener Riff Raff.«

Sie sah, wie sich ein Vorhang im Erdgeschoss bewegte, dann wurde auch schon die Haustür aufgerissen und eine Frau stand vor ihnen, die Linn völlig verblüffte. Mit Riff Raff hatte sie keinerlei Ähnlichkeit. Dafür mit jemand anderem.

»Hallöchen, ihr zwei!«, rief Burgel Krull ihnen entgegen. »Da seid ihr ja! Ich dachte schon, ihr schafft es nicht rechtzeitig, bevor ich in die Galerie muss. Ach, so eine Vernissage ist ja unfassbar viel Arbeit, das könnt ihr euch gar nicht vorstellen. Gleich muss ich die Hostessen briefen, das kann ja heiter werden. Ich habe diesmal ausschließlich junge Männer engagiert, hihi.«

Linn wollte ihren Augen nicht trauen. Und ihren Ohren auch nicht. Vor ihr stand das Abbild von Angela Merkel, auch wenn Burgel Krull schulterlange Haare und eine markante rotrandige Brille trug. Und ihrer Sprache fehlte die ostdeutsche Färbung. Dafür redete sie genauso schnell und viel wie ihre Nichte Bettina.

»Hallo Burgel!«, rief Bettina und wurde von ihrer Tante überschwänglich umarmt. »Danke für die Einladung!«

Bevor die Tante auch Linn an sich drücken konnte, war diese instinktiv einen Schritt zurückgewichen.

Linn hasste es, von unbekannten Leuten umarmt zu werden. Stattdessen streckte sie Burgel flugs die Hand entgegen.

»Hallo Burgel, ich bin Linn. Tut mir leid, wenn ich dich so anstarre. Das passiert dir bestimmt häufiger.«

Die kleine Frau lachte glucksend und schüttelte ihre Hand. »Da kannst du sicher sein, Lünn – schön, dich mal persönlich kennenzulernen.«

»*Linn*«, versuchte Linn sie zu korrigieren, doch kam nicht dazwischen.

»Ich habe alle deine Bücher gelesen, Lünn.«

»*Linn*. Man sagt *Linn*.«

Burgel schien für zwei Sekunden perplex, dann fuhr sie fort: »Und ja, ich werde sehr oft angesprochen. Manche Leute wollen sogar ein Autogramm. Und wisst ihr was: An Tagen, an denen ich gut drauf bin, gebe ich sogar eins.«

»Ein Autogramm? So weit sind wir schon ... Politik als Promifaktor.«

Burgel sah sie skeptisch an. »Warum denn Politik? Die Leute verwechseln mich mit Judi Dench. Dabei ist die Ähnlichkeit doch gar nicht *so* groß.«

»Mit Judi Dench?«, platze es aus Linn heraus. Das machte ja nun überhaupt keinen Sinn. Burgel hätte auf jeder Kleinkunstbühne als Merkel-Double anfangen können – von den Fernsehshows ganz zu schweigen. Die Ähnlichkeit war frappierend.

»Schräg, oder?«, mischte nun auch Bettina mit. »Dabei ist Burgel zwanzig Jahre jünger als die Dench. Aber das war schon früher so. Das fing an, als Dench bei James Bond als *M* eingestiegen ist. Na, eigentlich ein bisschen später.«

»Ungefähr im Jahr 2000?«, fragte Linn herausfordernd. Damals war Merkel CDU-Vorsitzende geworden und ihre Medienpräsenz deutlich angestiegen.

»Ja, das kommt ungefähr hin.«

»Aber wirklich häufig wurde es ab 2005«, ergänzte Burgel.

Sag bloß, dachte Linn.

»Nachdem klar war«, fuhr die Galeristin unbeirrt fort, »dass Dench auch bei *Casino Royale* dabei sein würde. Da haben mir die Leute manchmal sogar auf der Straße *Angie* hinterhergerufen und geklatscht, wenn sie mich im Supermarkt vor der Käsetheke sahen. Also ich weiß nicht, ob du das weißt, Lünn, aber *M* ist ja nur ein Kürzel in der Hierarchie des MI6. Der richtige Name der Figur, die Judi Dench spielt, ist nämlich Angie MacIrgendwas. Ich kann mir das nicht merken, bin kein Bond-Fan.«

Linn zog ihren rechten Mundwinkel nach oben. Das tat sie immer, wenn sie angestrengt nachdachte – oder der Meinung war, jemand würde sie verkohlepiepen.

»Wollt ihr mich veräppeln?« Linn schaute ihre Freundin ungläubig an. Konnte es wirklich sein, dass Bettina die Ähnlichkeit ihrer Tante mit der ehemaligen Bundeskanzlerin nicht auffiel?

»So, Kinder,«, unterbrach Burgel den Gedanken, »Schluss mit dem Geplänkel und kommt rein! Zeit für ein Käffchen habe ich noch. Die Zimmer könnt ihr danach beziehen. Bettina, ich habe dir das Zimmer wie beim letzten Mal bereitgemacht, und Linn ist daneben.«

»Das trifft's ziemlich gut«, bestätigte Bettina diese Feststellung und grinste Linn breit an.

Die beiden ließen ihr Gepäck am Fuß der dunklen Holztreppe stehen und folgten Burgel in das nicht minder düstere Wohnzimmer. Der mächtige Esstisch war für Kaffee und Kuchen gedeckt.

»Setzt euch doch. Ja, ich weiß, alles ein bisschen dunkel in dem alten Klotz. Aber das wird sich nun nach und nach ändern. Wollt ihr Milch in den Kaffee? Ich wohne ja erst seit einem halben Jahr wieder hier, und erst mal stand die Galerie im Vordergrund. Ihr werdet sehen: In ein, zwei Jahren sieht das hier ganz anders aus. Nehmt euch bitte selbst, das ist der Butterkuchen von Wellmann – ganz Osnabrück schwört darauf. Dann kommt diese Holzvertäfelung hier raus und es wird so hell wie die Strände der Seychellen.«

»Klingt nach einem Plan«, lobte Linn. »Und was geschieht heute Abend?«

»Heute ist Galerieeröffnung, das weißt du doch«, bemerkte Bettina überraschend spitz.

»Schon klar«, konterte Linn, »lesen kann ich selber. Aber was passiert da? Und was für Bilder zeigst du in deiner Galerie? Auf dem Flyer war nichts zu sehen.«

»Oh ja, der Flyer musste in den Druck, bevor alle Bilder da waren. Darum habe ich gedacht: besser ganz darauf verzichten.« Burgel Krull bekam vor Aufregung rote Flecken im Gesicht. »Das wird famos, ich sag's euch! So eine Galerie hat Osnabrück noch nicht gesehen – ach, was heißt schon Osnabrück: In ganz Deutschland gibt's nur wenige Galerien, die so arbeiten wie ich! Bei mir gibt's nämlich nicht nur zeitgenössische Kunst zu kaufen, sondern auch kunsthistorische Knüller!«

»Was heißt das?«

Burgels Augen funkelten. »Heute Abend zeige ich ein Werk, das über zweihundert Jahre lang verschollen war: *Kalte Sophie* von Ferdinand Bramsche – und es ist ein echtes Highlight. Das Publikum wird staunen, das verspreche ich euch.«

»Warum?«

»Weil es etwas ganz Besonderes ist. So was habt ihr noch nicht gesehen! Und es passt hervorragend in meine Gesamtausstellung. Ich zeige nämlich ausschließlich Bilder von Frauen.«

Damit war Linns Interesse geweckt. »Bilder von Frauen? Ach, dann ist Ferdinand Bramsche ein Pseudonym?«

»Nein, nein! So meinte ich das nicht«, korrigierte sich Burgel. »Die Bilder stammen nicht von Frauen, die Bilder zeigen Frauen. Porträts. Von der Wende zum 19. Jahrhundert bis heute. Wisst ihr, es war schon seit Jahren mein Traum, eine eigene Galerie zu haben. Und ich wollte immer, dass in meiner Galerie Frauen im Zentrum stehen.«

»Das ist super. Und wie viele Werke, die du zeigst, stammen von Frauen?«

Burgel blickte Linn düster an und trank ihren Kaffee aus. »So, ihr Lieben, ich muss jetzt los! Ich lass euch hier allein. Bettina, an der Garderobe hängt ein Hausschlüssel für dich. Ansonsten fühlt euch einfach wie zu Hause. Wir sehen uns gleich.«

Eine Minute später war sie aus dem Haus.

»Hab ich etwas Falsches gesagt?«, fragte Linn.

»Nö«, antwortete Bettina. »Du hast nur wie immer voll auf die Zwölf getroffen.«

Sie

Es hatte gedauert, bis ihre langsam taub werdenden Finger endlich verstanden hatten, wie die Knoten funktionierten, die ihre Hände an den kalten Eisenring an der Wand fesselten. Immer wieder wäre sie fast verzweifelt. Mit höchster Anstrengung nur konnte sie sich davon abhalten, in Panik und Ungeduld an ihren Fesseln zu reißen. Ihr war klar: Würde sie das tun, würden sich die Knoten nur noch fester zuziehen. So machte sie immer wieder Pausen, versuchte ihre Finger zu entspannen und ihre Atmung zu kontrollieren. Gleichzeitig lauschte sie auf jedes Geräusch. Was, wenn er jetzt zurückkommen würde?

Sie wusste nicht, wie lange sie auf der Pritsche lag, und ihre Finger versuchten, das Seil zu ertasten und die Verknotungen Stückchen für Stückchen zu lösen. Zwanzig Minuten? Oder vier Stunden? Das wenige Licht, das durch die Mauerritzen oben in der Wand hineindrang, war immer noch schwach und diffus. War es tatsächlich Mondlicht? Oder nur einer dieser dunklen Tage, wie sie in dieser Jahreszeit häufig vorkamen?

Endlich spürte sie, wie die Knoten lockerer wurden. Wenn sie ihre rechte Hand ganz schmal machte und die Finger zusammenpresste, könnte sie sie vielleicht aus der Schlinge ziehen!

Nun begann sie doch, ungeduldig an den Fesseln zu zerren. Ihr Daumen schmerzte heftig, als es ihr endlich gelang, eine Hand zu befreien. Als Erstes riss sie sich den nassen Knebel aus dem Mund. Dann befreite sie auch ihre linke Hand und ihre Beine.

Sie sprang so schnell von der Pritsche auf, dass ihr schwindelig wurde. Es drehte sich alles, fast hätte sie sich übergeben. Ihre Hände schmerzten, ebenso ihre Schultern und der Kopf. Ihr Kopf. Vorsichtig tastete sie nach der Wunde an ihrer Stirn. Immerhin hatte sie aufgehört zu bluten. Das musste ein harter Schlag gewesen sein. Dieser Bastard!

Sie atmete tief durch und starrte so lange auf ein Stück Mauer, bis der Schwindel langsam verschwand.

Sie durfte sich jetzt keine Schwäche leisten, musste sich zusammenreißen und alle ihre Kräfte sammeln. Sie war ihrer Freiheit ein großes Stück nähergekommen. Aber das reichte noch nicht.

Geheime Gelüste

Als Dieter Kohlmeier nach Hause kam, schaute er als Erstes nach, ob seine Frau auch wirklich noch nicht da war. War sie nicht. Wie schön! Erst dann hängte er – fast ein wenig zu euphorisch – seinen Mantel an die Garderobe und schlüpfte in seine Hausschuhe. Genau für diese Gelegenheiten hatte er sich einen geheimen Vorrat angelegt – und er freute sich schon seit Stunden darauf. Schnell ging er in die Küche und hockte sich vor dem hintersten unteren Küchenschrank auf den Boden. Das fiel ihm nicht nur wegen seiner Körpermasse schwer: Dieser hinterste untere Küchenschrank war auch für Normalgewichtige unpraktisch, da man halb unter die Arbeitsplatte kriechen musste, um ihn zu erreichen. Genau aus diesem Grund verstauten er und seine Frau hier nur Utensilien, die sie im normalen Alltag eigentlich nie oder nur in absoluten Ausnahmefällen brauchten: einen Raclettegrill, das Waffeleisen von Ulrikes Mutter und das Kindergeschirr von Rita, von dem sich seine Frau partout nicht trennen wollte. Darum war dieser hinterste untere Küchenschrank das ideale Versteck.

Ihm lief schon das Wasser im Mund zusammen wie einem konditionierten Hund, als er zwischen mehreren Tüten Chips nach den einzeln in Plastik eingeschweißten Stangen griff. Zwei durften es heute schon sein und auch ein paar Erdnussflips. Und natürlich durfte auch eine Flasche Bier nicht fehlen. Sein Mittagessen war schon wieder ein paar Stunden her.

Überrascht stellte er fest, dass in der Vierzigerpackung nur noch eine Handvoll Bifis waren. Er musste sich unbedingt Nachschub besorgen.

Etwas mühsam erhob er sich wieder. Ja, er hatte in den vergangenen Jahren zugenommen. Aber ihn störte das nicht. Im Gegenteil: Seine Mutter hatte früher immer gesagt, dass erst ein Bauch einen Mann zur Respektsperson macht! Daran hielt er sich. Ob es einen Zusammenhang gab zwischen der doch eher mäßigen Ehe seiner Eltern und der Tatsache, dass sein Vater bis ins hohe Alter schlaksig-schlank war?

Dieter Kohlmeier öffnete das Bier und nahm direkt einen tiefen Schluck. Ja, es war schade, dass es nicht eisgekühlt war. Aber Bier war das Erste gewesen, das Ulrike aus seinem Speiseplan gestrichen hatte. Viel zu viele Kalorien!

Mit seinem Proviant machte er es sich auf dem Sofa gemütlich, inklusive Kuscheldecke. Endlich!

Er riss die Verpackung der ersten Stange Bifi auf und biss unter lautem, lustvollem Stöhnen in das Pressfleisch.

Oh Gott, schmeckt das gut, dachte er, schlang den Bissen hinunter und spülte mit Bier nach. Dann verschwand auch das zweite Drittel der Fleischstange in seinem Mund, flankiert von ein paar Erdnussflips.

Wie sehr ihm dieser Geschmack fehlte, seit seine Frau mal wieder der Meinung war, dass er abnehmen sollte. Und überhaupt würde er ja viel zu viel Fleisch essen. Sie hatte gut reden: Ulrike aß schon seit Jahren keines mehr und war gertenschlank. Ursprünglich wollte er seinen geheimen Vorrat im Büro anlegen, doch dann hatte er zufällig mitbekommen, dass seine Frau auch mit seiner Sekretärin gesprochen hatte. Keine Snacks! Und schon gar kein Fleisch während der Arbeit. Keine Gelbwurst, keinen Leberkäse, keine Bifis. Alles viel zu ungesund.

Ja, andere hätten sich ein solches Einmischen verbeten. Für ihn jedoch war das eher ein Ansporn, seiner Frau und seiner Sekretärin zu beweisen, dass er über den Dingen stand – und seinen

Fleischkonsum selbstverständlich ganz problemlos und jederzeit reduzieren konnte. Überhaupt kein Problem! Er hatte Frau Zimmermann sogar angehalten, seine Diät ruhig auch bei seinen Diensttterminen vorab zu kommunizieren. Hatte er sich das nur eingebildet, oder hatten ihre grünen Augen schalkhaft aufgeblitzt? Jedenfalls konnte er gar nicht zählen, wie viele Obstteller er seitdem bei Meetings verspeist hatte. Er war für seinen gesunden Lebensstil geradezu berühmt und erntete nur bewundernde Blicke. Gut, manchmal auch prüfende. Manche Leute fingen sich bestimmt an zu wundern, weswegen er nicht abnahm.

»Muskeln«, pflegte er zu sagen. »Was Sie hier vor sich sehen, sind Muskeln!«

Dass dies bei seinem Bauchumfang nicht stimmen konnte, war wahrscheinlich allen klar. Aber niemand traute sich nachzuhaken.

Ach, Ulrike hatte einfach keine Vorstellung davon, wie aufreibend sein Job war. Er stopfte sich auch den letzten Happen Bifi in den Mund, gefolgt von einer Handvoll Flips, und griff zur zweiten Stange.

Immer wollten alle etwas von ihm. Und oft widersprach sich das mit dem, was andere wollten. Wie heute zum Beispiel.

Wieder spülte er mit Bier nach, um direkt nochmals in die Bifi zu beißen. Er wusste schließlich nicht, wann seine Frau nach Hause kommen würde. Also lieber Tempo.

Heute jedenfalls war ein richtig typischer Tag gewesen. Da war diese Mieterinitiative bei ihm aufgeschlagen und hatte ihn um Unterstützung gebeten. Für solche Initiativen hatte er immer viel Sympathie, da steckte so viel ehrliches, ehrenamtliches Engagement dahinter! Und Verdrängung war schließlich in allen Metropolen ein zunehmendes Problem. Da musste man einfach etwas dagegen tun, damit sich auch noch in zehn oder fünfzehn Jahren alle die Miete in der City leisten konnten. Er hatte der Mieterinitiative daher in die Hand versprochen, sie zu unterstützen, wo auch immer er konnte.

Kaum waren die weg, kam dann dieser Typ, der das alte

Karree übernommen hatte, direkt um die Ecke vom Rathaus. Ein riesiges Eckhaus, unten ein Ladenlokal, oben Mietwohnungen. Inzwischen im baufälligen Zustand. Und das bei der Lage.

Natürlich fand er auch, dass dieses Haus dringend grundsaniert werden musste. Selbstverständlich!

Eine weitere Handvoll Flips und der letzte Zipfel Bifi verschwanden im Mund.

Ein solches Haus konnte man nicht einfach sich selbst überlassen. Dann wäre es in kürzester Zeit nicht mehr bewohnbar. Hier musste man jetzt ran, wenn man die historische Fassade noch retten wollte. Vom Innenleben ganz zu schweigen. Er sagte dem Typen also zu, ihn, wo auch immer er konnte, zu unterstützen. Das war selbstverständlich. Auch wenn es dann mit den sozialen Mieten für die Wohnungen vorbei wäre, wenn das Haus bald genauso schick aussehen würde wie die Häuser in der Nachbarschaft. Das musste man doch verstehen. Da konnte niemand etwas dagegen haben. Von irgendwoher musste das Geld für die Renovierung ja kommen.

Er hörte den Schlüssel in der Haustür. Schnell trank er den letzten Schluck Bier aus und ließ die Flasche gemeinsam mit den Biii-Verpackungen und der halb vollen Flipstüte unter der Kuscheldecke verschwinden.

»Dieter? Bist du da?«

»Ich bin im Wohnzimmer, mein Schatz!«, antwortete er und unterdrückte ein Rülpsen. »Ich habe mich ein bisschen hingelegt.«

Die Tür zum Wohnzimmer öffnete sich und eine sportliche Anfangsechzigerin mit blondem Lockenkopf trat herein.

»Hingelegt? Bist du etwa krank?«, fragte sie mitfühlend. Oder lag da doch ein leichtes Misstrauen darunter?

»Nein, nein.« Er zog die Decke ein Stück höher und hörte, wie die Flipstüte darunter raschelte. »Der Tag war nur so anstrengend und hier ist es so gemütlich.«

Ulrike Kohlmeier setzte sich in einen der bequemen Loungesessel.

»Musst du heute Abend denn gar nicht mehr los? Ich dachte, du wolltest zu dieser Vernissage in die Stadt.«

Er verzog das Gesicht. »Ach, diese blöde Vernissage. Ich glaube, ich gehe da einfach nicht hin. Wollen wir uns nicht mal wieder einen gemütlichen Fernsehabend machen? Nur du und ich? Vielleicht einen *Tatort* gucken. Oder von mir aus auch irgend so ein Quiz.«

»Einen Fernsehabend?« Die sportliche Frau warf ihre Stirn in Falten. »Nein, das ist nichts für mich. Ich treffe mich gleich noch mit Biggi und Dörte zum Pilates. Und zudem hat Rita angerufen: Sie kommt heute Abend noch und wird ein paar Tage in der Stadt bleiben, ist das nicht schön? Wird aber spät bei ihr.«

»Wenn das Kind mal wieder seine alten Eltern besucht, ist das immer schön.«

»Hast du schon etwas gegessen?«, fragte sie. War da etwa Neugierde in ihrer Stimme?

»Ich war heute Mittag im Restaurant.«

»Ach so?« Nun war er wieder da, der Ton des Misstrauens.

»Nicht, was du denkst. Ich hatte einen großen Salat mit einem kleinen Fischfilet und dazu eine Cola Zero.«

Seine Frau sah ihn ungläubig an. Dieter Kohlmeier dachte sehnsuchtsvoll an das prächtige Schnitzel, das er am Mittag verspeist hatte. Der Stolz jeder Sau, dachte er. Und es hatte hervorragend zum frisch gezapften Hefeweizen gepasst.

»Wirklich«, beharrte er, »einen großen Salat mit Fisch. Und gleich mache ich mir noch ein Vollkornbrot.«

Die Sportliche nickte anerkennend. »Brav, brav. Also ich hätte nicht gedacht, dass du das so durchziehst. Alle Achtung. Dann werden die Kilos bald anfangen zu purzeln.«

»Bestimmt, mein Schatz«, pflichtete er ihr bei und hoffte, dass keine Bifi-Verpackung unter der Decke hervorlugte.

»Aber zu dieser Vernissage musst du gehen, schließlich hast du zugesagt. Wie sieht das denn sonst aus?«

»Ich habe aber so gar keine Lust.«

»Ach, Dieter, gib dir einen Ruck!«

»Aber ich will nicht. Für Kunst habe ich mich noch nie interessiert. Ich will auch mal freihaben, wie andere auch.«

»Du bist aber nicht wie andere, Dieter.«

»Nur heute Abend. Kannst du nicht anrufen und sagen, ich sei krank?«

»Mit Sicherheit nicht.«

»Aber warum nicht?«

»Weil du der verdammte Bürgermeister bist!«

Berliner Flair

Es roch nach Frühling, auch wenn die Abende noch ganz schön kalt waren. Florian Daubner zog den Reißverschluss seiner eng geschnittenen Armani-Daunenjacke hoch. Die paar Schritte von seiner Wohnung in der Großen Hamkenstraße zur Galerie konnte er locker zu Fuß gehen. Sein Elektrofahrrad, das er wie alle gelernten Großstädter im Wohnungsflur parkte, ließ er stehen.

Dass die Große Hamkenstraße so hieß, wie sie hieß, wunderte ihn immer wieder. Groß war sie wirklich nicht. Hätte er sich ein Adjektiv aussuchen können, er hätte sie Heimelige Hamkenstraße genannt: In dieser kleinen gepflegten Straße in der Altstadt ließ es sich ganz hervorragend wohnen. Hier reihte sich ein kleines Geschäft oder Café ans nächste.

Nach fünfzehn Jahren in Berlin war diese Straße zumindest ein kleiner Trost gewesen, als er die Metropole wieder gegen seine Geburtsstadt eintauschen musste. Aber die Übernahme der Immobilienfirma seines Vaters war dann doch eine zu verlockende Möglichkeit. Real Estate an der Hase – wenn das kein Slogan war …

Die Große Hamkenstraße hatte etwas vom Flair einer Bergmann- oder Simon-Dach-Straße, bevor die Tourimassen über sie hereingebrochen und die meisten Berliner*innen vertrieben hatten. In der Großen Hamkenstraße konnte er morgens seinen Chai Latte mit Hafermilch trinken, dazu einen Avocadotoast mit Grünkern-Tapenade und veganer Mayonnaise – und sich ein bisschen fühlen wie an der Spree. Das lag auch an seiner Lieblingskellnerin Jennifer, die mit den Gästen konsequent amerikanisch sprach und jeden Morgen einen Hauch New York verbreitete. Dabei kam sie aus Minden in Westfalen.

Er war früh dran. Genauso hatte er es geplant. Im Hinblick auf die Nachricht, die er gleich überbringen wollte, war das auch nur fair. Andere wären vielleicht in die Eröffnungsfeier geplatzt und hätten es da verkündet. Aber so war er nicht. Er war ein fairer Vermieter. Außerdem war Walburga Krull erst kurz nach der Übernahme der Immobilie durch seine Firma eingezogen und damit die Einzige, die den Mietvertrag direkt mit ihm abgeschlossen hatte – die anderen Mieter wohnten zum Teil seit Jahrzehnten in dem Haus. Burgel und seine Eltern kannten sich zudem seit Jahrzehnten. Es war daher ein feiner Zug von ihm, es ihr schon heute und persönlich zu sagen.

Den anderen Mietern im Haus würde die Information morgen per Post zugehen. Wenn die sich ärgerten, konnte das für ihn nur gut sein, das hatte ihm sein Vater als Allererstes beigebracht. Vielleicht würden sogar ein paar kündigen, das wäre noch besser. Einige zahlten aktuell Mieten, die lachhaft waren. Die konnten doch nicht ernsthaft davon ausgehen, dass das einfach so weiterging wie bisher. Er würde sich nun endlich um dieses schöne alte Haus kümmern. Das Potenzial war nicht zu übersehen.

Schon aus einigen Metern Entfernung konnte er durch die Fenster der Galerie erkennen, dass Burgel ganz schön busy war. Kein Wunder, in etwa einer Stunde sollten ihre Gäste kommen. Genauso hatte er sich das vorgestellt. Er wollte gar nicht lange stören.

Er klopfte an die Tür und trat direkt ein. Den Frühlingsblumenstrauß, den er vorher noch gekauft hatte, streckte er ihr feierlich entgegen.

»Meinen herzlichen Glückwunsch, liebe Burgel! Das sieht hier alles richtig, richtig fabelhaft aus.«

Die Galeristin sah ihn verwundert an. »Du bist eine Stunde

zu früh, Florian, aber danke für die Blumen: die echten und die verbalen.«

Er lächelte gönnerhaft. »Du, ich dachte, ich schau jetzt schnell rein, später schaffe ich es leider, leider nicht. Ich wollte dir aber in jedem Fall persönlich gratulieren und dir für die Eröffnung alles, alles Gute wünschen. Toi, toi, toi! Sagt man das nicht auch zu solchen Anlässen?«

»Das ist nett von dir, vielen Dank! Wirklich schade, dass du nicht zur Eröffnung bleiben kannst.« Burgel sah sich hektisch um. »Leider habe ich jetzt keine Zeit, dir alles zu zeigen. Ich muss mich um die Hostessen kümmern, die hier gleich aufschlagen werden. Aber vielleicht können wir das nächste Woche nachholen. Dann mach ich eine Privatführung für dich. Wäre das was?«

»Du, das ist eine ganz großartige Idee, liebe Burgel.« Jovial berührte er sie am Oberarm. »Lass uns das unbedingt machen. Ich wollte nämlich sowieso wegen nächster Woche mit dir sprechen, das passt gut.«

»Ach so?«, fragte Burgel erstaunt. »Was ist denn nächste Woche? Deine Mutter hat doch erst Ende des Monats Geburtstag, oder habe ich da etwas vergessen?«

»Nein, nein«, beruhigte er sie rasch. »Du hast wie immer an alles gedacht.«

»Dann ist ja gut.«

Florian Daubner schenkte ihr den vertrauenswürdigsten Augenaufschlag, dessen er fähig war. »Was ich dir sagen wollte: Ich habe mich dazu entschieden, mit der Sanierung loszulegen und nicht noch länger zu warten. Ich habe schon mit der Bauplanung gesprochen: Das Gerüst kann nächste Woche aufgestellt werden. Dann wird die Fassade komplett saniert – und parallel dazu gehen wir von Stockwerk zu Stockwerk durch die Wohnungen. Es könnte also sein, dass es tagsüber bei dir etwas lauter wird.«

Burgel wurde blass. »Wie? Ausgerechnet jetzt, wo meine Galerie aufmacht, stellst du mir ein Gerüst vors Haus und bohrst mir die Hucke voll? Warum hast du mir das nicht früher gesagt?«

Florian Daubner setzte seine gutmütigste Miene auf. »Dass eine Sanierung kommen würde, war uns doch allen klar. Dafür braucht man keine Bauexpertise, da reicht es, sich das Haus anzusehen.«

»Aber bei der Vertragsunterzeichnung meintest du, in den nächsten fünf bis sieben Jahren!«

»Mein Bauplaner hat es geschafft, mit den Baufirmen Festpreise zu vereinbaren. Bei den steigenden Baukosten ist das ein ausschlaggebender Faktor. Und in einem Jahr sieht das hier aus wie neu, du wirst sehen!«

»Ein ganzes Jahr? Bis dahin bin ich pleite. Was denkst du, was mich das hier alles kostet? Allein die Eröffnung heute Abend kostet mich ein kleines Vermögen.«

»Kopf hoch, meine Liebe. Ja, vielleicht werden es ein paar Monate mit wenig Kundschaft. Vielleicht setzt du dich einfach eine Weile auf die Kanaren ab, da soll es sehr hübsch sein. In deine Räume müssen wir ja schließlich auch. Und in ein paar Monaten hast du eine Galerie in einem der schönsten Häuser Osnabrücks und fängst einfach nochmal von vorne an!«

»Du hast Ideen …«

»Die Details schicke ich dir morgen per Post. Dann siehst du auch, wie sich die Miete in den kommenden Jahren entwickeln wird. Jetzt will ich dich aber wirklich nicht länger von deiner Eröffnung abhalten. Wir sehen uns nächste Woche. Und wie gesagt: Toi, toi, toi!« Er drehte sich auf dem Absatz um und tänzelte in die dämmerige Gasse.

Die Vernissage

Die Galerie Krull lag in einer der belebten kleinen Gassen mitten in der Altstadt, keine zwei Minuten vom historischen Rathausplatz entfernt, im Parterre eines ehemals gepflegten Eckhauses. Schon draußen war zu erkennen, dass hier richtig was los war: Burgel hatte einen langen, goldenen Teppich auf der Straße ausgelegt, an dessen Rand ebenso schmucke goldene Männer die Gäste mit Champagnerkelchen empfingen.

»Das sind also die Hostessen, die Tante Burgel noch anlernen wollte. Alle Achtung«, lobte Bettina die mit goldenen Shorts und ärmellosen Shirts leicht bekleideten und mit Goldfarbe besprühten Herren. Sie ging schnurstracks zu einem hin und griff sich gleich zwei Kelche. »Ich darf Sie doch erleichtern?«, hauchte sie dem jungen Mann lasziv entgegen. »Für mich und meine Begleitung – und wenn ich Sie wärmen soll, sagen Sie mir bitte Bescheid.«

Linn musste sich das Lachen verkneifen, als Bettina ihr eines der Gläser entgegenstreckte.

»Du hast echt einen an der Waffel, den Jungen so anzuflirten. Als ob sich einer mit achtzehn oder vielleicht auch zwanzig für Frauen in unserem Alter interessieren würde.«

»Papperlapapp! Bei den Männern funktioniert es doch auch – und die sind meistens noch älter als wir.«

»Auch bei denen funktioniert es nicht. Die merken nur nicht, wie peinlich sie sind, wegen Patriarchats-Brainwash.«

»Aber von uns könnten die Jungs was lernen! Ich finde schon, dass uns das interessant macht. Wir wissen schließlich, wie's geht.«

»Wie was geht?«

»Das Leben!«

»Das wüsste ich aber«, erwiderte Linn amüsiert. »Ich kann Morde auf dem Papier aufklären, vom Leben verstehe ich nichts.«

»Aber klar tun wir das! Ich zeig's dir. Wenn du deinem zwanzigjährigen Ich drei Tipps geben könntest, welche wären das?«

Linn schüttelte ungläubig den Kopf. »Du lässt nicht locker, oder?«

»Jetzt mach schon! Welche drei Tipps wären das? Damit die zwanzigjährige Linn nicht alle Fehler von dir wiederholt.«

»Das ist gar nicht so einfach.« Linn überlegte. »Okay. Erstens: Vermeide Mitbewohnerinnen. Du kannst dir zwar einreden, dass Menschen es schön finden, mit anderen zusammenzuleben – aber das gilt nicht für alle, und du gehörst nicht dazu. Zweitens: Such dir einen Job, bei dem du morgens aufstehen kannst, wie es deinem Biorhythmus entspricht. Und das bedeutet: nicht vor 10 Uhr, besser 11.« Und mit einem Blick auf Bettina ergänzte sie: »Und drittens: Such dir Freundinnen, die kochen können. Auf die Dauer ist Essen bestellen echt teuer. Prost!«

»Haha, sehr witzig, Frau Bestseller!«

Die beiden ließen die Champagnerkelche klingen. Dann betraten sie die Galerie. Diese bestand aus mehreren Räumen, an deren Wänden wenige, jedoch perfekt inszenierte und ausgeleuchtete Gemälde mit jungen Frauen hingen. Die Galerie war bereits gut besucht.

»Hoffentlich reicht das Catering für alle«, hörte Linn Bettina hinter sich brabbeln, als sie sich einen Weg durch die Gäste bahnte.

»Catering?«, fragte ein dicker Mann aufgeschreckt. »Ist das Büfett etwa schon eröffnet?«

»Nein, Herr Bürgermeister, das ist erst nach dem Vortrag geplant.«

»Alles klar, vielen Dank – ich bin ohnehin auf Diät.«

»Keine Panik, du wirst schon nicht verhungern«, rief Linn ihrer Begleiterin zu und warf einen neugierigen Blick auf den deutlich übergewichtigen Bürgermeister der Stadt. Der Lautstärkepegel in der Galerie war schon ziemlich hoch. »Zur Not gehen wir nachher noch was essen. Aber jetzt lass uns die Kunst anschauen, wenn wir schon hier sind.«

»Bettina! *Lünn*! Da seid ihr ja!«, winkte ihnen die Merkel-Doppelgängerin quer durch den Raum zu.

»Kannst du deiner Tante bitte beibringen, wie man meinen Vornamen richtig ausspricht?«

»I'll do my very best, Miss Sophie!«, erwiderte Bettina. »Aber mach dir nicht allzu viele Hoffnungen.«

»Willkommen in meiner Galerie!«, trötete Burgel. »Ist das nicht fantastisch? Mit so vielen Menschen habe ich ja gar nicht gerechnet. Ach Quatsch, *natürlich* habe ich mit ihnen gerechnet!« Sie lachte überdreht und winkte nach einem Champagner-Jüngling.

»Habt ihr euch schon ein paar Bilder angesehen? Da vorn zum Beispiel«, sie wies auf ein großes Ölgemälde einige Meter von ihnen entfernt. Darauf war eine Frau im pinken Kleid zu sehen, die auf einem Ungeheuer mit mehreren Schlangenköpfen saß und so gierig Wein trank, dass er ihr übers Kinn rann. »Das ist ein Bild aus den 1960er-Jahren von einem Schweizer Künstler. Es heißt *Babylon*. Ist das nicht Genusssucht pur?«

»Das wär doch mal ein Bild für deine Küche, Bettina«, kommentierte Linn anerkennend.

»Jetzt, wo du's sagst«, konterte die Barocke. »Mit der wilden Mähne ähnelt sie mir auch ein bisschen, findet ihr nicht? Und ich kleckere auch immer, wenn ich Rotwein trinke – drum gibt's bei mir meistens Weißen.«

»Oder das Bild dort hinten …« Burgel wies auf die Wand

gegenüber, wo ein Gemälde das Porträt einer jungen Latina zeigte, die in einem blauen Kleid Milch in eine Schale goss, auf ihren nackten Armen blutige Striemen. »Das stammt von einem zeitgenössischen Künstler aus Schweden, der damit einen direkten Bezug zu Vermeers *Milchmagd* herstellt. Heute sind Mägde eben nicht mehr blond, sondern … wie sagt man? … *Pi-Oh-Sies*. Und seht euch unbedingt auch noch die drei Bilder vorne an: die *Jungfrau*, die *Mutter* und der *Tod im Kindbett* – auch wenn die Bilder von verschiedenen Malern stammen, ist die Zusammensetzung grandios«, und mit einem Blick auf ihre Armbanduhr fügte die Neu-Galeristin hinzu, »aber ich muss jetzt rüber, in fünf Minuten enthülle ich den Bramsche. Sucht euch einen guten Platz!«

»Ich hoffe, du lässt ihm seine Hose«, rief Bettina ihr hinterher.

Burgel hatte sich schon zum Gehen umgedreht, als ein untersetzter Glatzkopf mit eng anliegenden Ohren in ihre Bahn trat.

»Guten Abend, Frau Krull.« Irrte sich Linn oder lag in dieser kurzen Begrüßung bitterer Sarkasmus?

»Tach, Herr Graf. Haben Sie's doch noch geschafft? Ich wusste doch, dass Sie sich meine Eröffnung nicht entgehen lassen können.«

»Ich vertrete einen Verband, der sich um seine Mitglieder kümmert. Auch um die Zukünftigen. Apropos, wann darf ich denn mit Ihrem Mitgliedsantrag rechnen, Frau Krull?«

»Darüber mache ich mir nach meiner Eröffnung Gedanken. Momentan erschließen sich mir die Vorteile noch nicht wirklich. Und eine Mitgliedschaft ist ganz schön teuer, wenn ich Ihnen das mal so offen sagen darf. Da müsste für die Galerie schon was Konkreteres bei rumkommen als einmal im Monat ein Stammtischtreffen in dieser Altherrenkneipe. Da müssen Sie Ihr Angebot mal ein bisschen modernisieren, wenn Sie mich fragen. Bitte entschuldigen Sie mich – jetzt kommt der spannende Teil.« Damit riss sich Burgel los und verschwand um die Ecke im nächsten Raum.

»Ich bin mir sicher, dass es sogar noch viel spannender wird, als Sie denken«, rief ihr der Glatzkopf giftig hinterher und dann leiser zu sich: »Modernisieren! Dass ich nicht lache!«

Linn und Bettina gingen an ihm vorbei und bogen ebenfalls in den nächsten Raum.

»Hast du das gehört?«, flüsterte Linn ihrer Begleiterin zu. »So wirklich grün sind sich die beiden nicht.«

Bettina nickte. »Das kannst du laut sagen.«

Anders als in den Räumen vorn hing hier nur ein Gemälde, und dieses war mit einem goldglänzenden Tuch abgedeckt. Daneben ein kleines Podest mit Mikrofon. Bestimmt dreißig Personen standen bereits im Raum und warteten gespannt auf die Enthüllung – und es wurden sekündlich mehr. Linn und Bettina fanden noch einen Platz an der Wand gegenüber, sodass sie sich bequem anlehnen konnten, sollte die Aktion länger dauern. Viel Champagner war allerdings nicht mehr im Kelch, wie Linn mit Bedauern feststellte.

Dann hörte sie eine Stimme, die ihr nur allzu bekannt vorkam. Der Träger des weißen Haarkranzes aus dem Zug stand lediglich zwei Schritte von ihr entfernt.

»Unerhört!«, schimpfte er. »Ich finde es wirklich unerhört, dass nicht ich für den Vortrag angefragt worden bin. Ich meine: Ich hätte natürlich abgesagt – was will ich schon in einer Galerie und noch dazu bei einem eindeutig gefälschten Bild.«

»Stattdessen«, ergänzte der Konfirmandenanzug, »wird Paula Zwiesel den Vortrag halten. Kennen Sie die, Herr Professor?«

»Zwiesel, Zwiesel …«

»Sie hat das Handbuch der Malerei des 18. Jahrhunderts verfasst. Und ein paar Monografien über Künstlerinnen vom Spätmittelalter bis heute. Und sie hat eine neue Theorie der Farbenlehre veröffentlicht.«

»Aha. Aber eine Professur hat sie nicht, die Dame? Dann kann das nicht gut sein, was sie veröffentlicht hat.«

»Ich habe gehört«, erklärte der Anzug weiter, »dass sie auf eine Professur an der Uni Osnabrück hofft.«

»Ha, ausgerechnet! An meiner alten Uni? Das wird ja immer schöner. Nichts leisten, aber denken, dass es für Osnabrück reicht.«

»Na ja, sie hat ja schon ziemlich viele –«

»So eine ist das also! Dann werde ich mir mal ihren Vortrag ganz genau anhören. Meine Kontakte sind ja schließlich auch noch nach meiner Emeritierung hervorragend.«

»Selbstverständlich, Herr Professor. Sie sind bestens vernetzt. Die Zwiesel vertritt übrigens aktuell die Professur von Herrn Scheidewind.«

»Von Scheidewind, so, so. Ja, der wird wohl nicht mehr zurückkommen. Was man so hört, geht es ihm gesundheitlich nicht gut. Eigentlich wäre die Stelle ja etwas für Sie, Herr Doktor Klein, aber die Uni nimmt das Gebot des Hausberufungsverbots leider ziemlich ernst. Erinnern Sie mich daran, dass ich darüber mal mit dem Dekan spreche. Wenn man aus der Scheidewind-Stelle eine Juniorprofessur machen würde, sähe die Situation ganz anders aus.«

»Das wäre fantastisch, vielen Dank, dass Sie sich für mich einsetzen. Auch meine Eltern würden sich freuen, wenn ich in Osnabrück bleiben könnte. Ich soll Sie übrigens ganz herzlich von ihnen grüßen.«

»Und für die Uni wäre das auch noch billiger! Sie müssten sich allerdings mit Ihrer Habil ein wenig beeilen. Konzentrieren Sie sich doch einfach auf Bramsche und nicht auch noch auf die ganze Epoche – das lenkt nur ab. Ist sie das da vorne? Die Zwiebel meine ich?«

»Zwiesel, sie heißt Zwiesel, Herr Professor. Aber ja: Diese unscheinbare Frau mit dem schwarzen Pony, das ist Frau Zwiesel.«

»So jemanden kann ich mir ja überhaupt nicht im Auditorium maximum vorstellen. Die geht doch komplett verloren. Da braucht man schon eine gewisse Körperlichkeit. Und Charisma. Wir stehen schließlich für die Wissenschaft! Das verlangt Autorität. Mit der weißen Bluse und der schwarzen Hose sieht sie eher wie eine Kellnerin aus. Na gut, für eine Kellnerin wäre die Hose zu weit, da könnte sie drüber fallen. Ist ja schon fast ein Rock. Trägt man das heute so?«

»Davon verstehe ich nichts, Herr Professor.«

»Willst du noch'n Schampus oder kannst du nicht gleichzeitig trinken und Leute belauschen?«, fragte Bettina.

»Keine Ahnung. Lass es mich ausprobieren, würde ich mal sagen«, erwiderte Linn. »Besorgst du uns noch zwei?«

»Schon geschehen. Ich habe dem reizenden Jüngling gerade ein Zeichen gegeben.«

»Gut, dass zumindest du multitaskingfähig bist.«

»Nicht wahr? Übrigens finde ich nicht, dass die Frau, die gleich den Vortrag hält, aussieht wie eine Kellnerin. Abgesehen davon, dass die Kellner heute Gold tragen, sieht dieser Marlene-Dietrich-Style doch sehr schick aus. Fehlen nur noch Hut und Zigarre.«

Die männliche Hostesse von eben reichte den beiden zwei neue Kelche und nahm ihnen die leeren ab. Bettina setzte schon wieder zu einem Flirtversuch an, doch sie wurde von ihrer Tante unterbrochen, die mit einem Löffel auf ihr Champagnerglas einpingte.

»Meine Damen und Herren«, rief sie ins Mikrofon. Linn bekam mit, dass einige nun umso dringlicher zu tuscheln anfingen – wohl alle die, die vorher nicht wussten, wie die Galeriebesitzerin aussah.

»Meine Damen und Herren«, wiederholte Burgel mit Nachdruck, »herzlich willkommen in der Galerie Krull! Ich freue mich sehr, dass Sie so zahlreich erschienen sind, um mit mir und uns allen zu feiern. Mein Name ist ...«

»Angie!«, rief ein Mann laut.

»... Walburga Krull und ich darf Ihnen heute eine Weltsensation präsentieren: ein Gemälde, das zweihundert Jahre als verschollen galt. Ein Gemälde eines Künstlers, der sein ganzes Leben hier in und um Osnabrück verbracht hat und von dem uns

Kunsthistorikerin Frau Doktor Paula Zwiesel gleich noch einiges mehr erzählen wird.«

Linn musste gähnen. Bettina stieß ihr einen Ellbogen in die Rippen.

»Aua. Warum tust du das?«, flüsterte sie empört.

»Jetzt wird's spannend, das Gemälde wird enthüllt«, flüsterte Bettina zurück.

»Na, was soll schon Spannendes drauf sein. Eine Frau halt. Und irgendein früheres Jahrhundert.«

»Kunstbanausin!«, zischte Bettina.

»Nun also, der große Moment!«, rief Burgel bundeskanzlerinnenhaft in die Runde. »Ich präsentiere Ihnen das berühmte Gemälde *Kalte Sophie* von Ferdinand Bramsche!«

Sie zog an dem goldglänzenden Tuch und gab den Blick frei auf die Leinwand.

»Was zum Teufel ...!«, stieß Linn überrascht hervor.

Ihr Champagnerglas zersplitterte auf dem Boden.

Golden Boy

Navid Yıldırım lehnte an der Außenwand der Galerie, rauchte eine Zigarette und schaute einer gut aussehenden, aber etwas dürren Frau zu, wie sie ein Video drehte. Er hatte sich schon gefragt, ob er ihr Hilfe anbieten sollte – aber heute war ihm irgendwie nicht nach flirten. Heute hatte er Lust auf gar nichts.

Schon an normalen Tagen mochte er seinen Job als Host nicht besonders. Aber es war schnell verdientes Geld und eindeutig besser, als neben seinem Psychologiestudium in irgendeiner Kneipe zu kellnern. Host sein bedeutete normalerweise, auf Messen rumzustehen, Besuchern Ausstellungsstücke zu erklären oder den Weg zu zeigen. Vor allem aber, gut auszusehen. Das war alles kein Problem für ihn. Und die Hostessen sahen meistens richtig klasse aus. Seine jetzige Freundin, die davor und, ja, auch die davor waren alle Hostessen gewesen. Das war das Schöne an seinem Job. Die Frauen sahen super aus – und meistens trugen sie dazu auch noch sexy Outfits.

Aber dieser Job heute war eine Zumutung. Nicht nur, dass er Champagner servieren musste, was auch nichts anderes war, als zu kellnern – er musste auch noch diese absolut lächerlichen goldenen Shorts und das glitzernde Muscle Shirt tragen, von der Goldfarbe auf Gesicht und Körper ganz zu schweigen. Er kam sich vor wie ein Ferrero Rocher. Und Frauen arbeiteten hier auch keine. Stattdessen war diese Veranstaltung voll mit alten Weibern, die blöde Sprüche machten. Als wäre er ein reines Dekostück oder noch schlimmer: ein Sexobjekt. Vorhin hatte er doch tatsächlich eine Hand an seinem Hintern gespürt. Als ob er und seine Kollegen zum Jagen freigegeben waren. So verhielt man sich doch nicht!

Er dachte an die vielen Male, wo ihm Kolleginnen von übergriffigen Besuchern berichtet hatten. Ein Klatsch auf den Po da, ein Spruch dort. Er hatte die Hostessen dann getröstet, manchmal gelang es ihm auch, sie abzuschleppen. Verwundbar waren sie besonders leichte Beute.

Wenn er ehrlich war, konnte er die Kerle auch verstehen. Die Mädels sahen in ihren knappen Kostümen zum Anbeißen aus. Aber das war etwas anderes! Es lag in der Natur der Frauen, den Männern zu gefallen – nicht umgekehrt! Was hier heute ablief, ging völlig in die falsche Richtung.

Eigentlich sollten sie alle den Champagner stehen lassen und einfach gehen. Dann könnte diese komische alte Galeristin sehen, wo sie bliebe. Oder noch besser: Sie sollten ihr einen Denkzettel verpassen. Ein Aufstand der Männer! Hashtag *HeToo*.

Gedankenverloren nahm er einen langen Zug von der Zigarette. Ja, so ein Denkzettel würde ihm sehr gefallen.

»Ach, hier bist du!«, riss ihn sein Kollege Raffael aus den Gedanken. »Ist dir hier draußen nicht zu kalt? Du kannst jetzt keine Pause machen, drinnen ist die Hölle los. Und ist das nicht absolut geil mit diesen ganzen Frauen, die uns angaffen, als wären wir Mister Universum persönlich! Ich wette mit dir, ich gehe heute Abend nicht allein nach Haus. Und du?«

Navid Yıldırım blickte seinen Kollegen streng an. »Ich finde es, ehrlich gesagt, entwürdigend.«

Sein Kollege lachte laut auf. »Warum das denn? Ey, du hast voll die falsche Attitude! Du musst das mit mehr Arroganz machen, mit mehr Cojones! Dann ist es richtig geil. Du bist hier der Boss, die Galerie ist dein Laufsteg. Wackel mit deinem Arsch und die Ladys sind dein! Und jetzt hol dein Tablett und bring den Gästen ihren Champagner. Die saufen hier, als gäbe es kein Morgen.«

Augen zu und durch, dachte Yıldırım. Er wusste schon, wo er sich nach dieser Veranstaltung würde abreagieren können. Er warf einen letzten Blick auf die dürre Frau mit der Kamera und ging wieder rein.

Sturmfutter

Maggie-Venus Goligowski stand mit Selfie-Stick vor der Galerie Krull und versuchte schon zum dritten Mal, ein kurzes Videostatement von sich aufzuzeichnen. Sie hatte sich im Auto extra nochmal geschminkt und gestylt, aber auf den Aufnahmen störte sie dann doch immer noch eine Kleinigkeit. Beim ersten Mal sah ihre linke Augenbraue aus, als führe sie ein Eigenleben. Beim zweiten Mal hatte sie eine Haarsträhne in der Stirn, die da einfach nicht hingehörte. Daher jetzt volle Konzentration. Noch einmal prüfte sie ihr Gesicht im Handspiegel, dann drückte sie auf On und sprach in die Kamera.

»Ich stehe hier in der Osnabrücker Altstadt vor der Galerie Krull, die heute Eröffnung feiert. Und wer hat sich unter die Gäste gemischt? Richtig! Skandalautorin Linn Kegel, die mit ihrem menschenfeindlichen Auftritt im öffentlich-rechtlichen Rundfunk für Aufsehen sorgte. Nun scheint Kegel jede Bodenhaftung verloren zu haben: Während die Opfer ihres Auftritts nach wie vor unter den Nachwirkungen leiden, feiert sie eine exquisite Champagnerparty. Ich werde weiter berichten. Das war eure Maggie-Venus für *Trash n' Art*, live aus Osnabrück.«

Sie warf einen kritischen Blick auf die Aufnahme, jetzt passte alles. Ihr Statement war auf den Punkt und sie sah richtig, richtig gut aus. Mit diesem neuen Filter wurden ihre Gesichtskonturen optimiert und ihr Busen unter der engen Jacke vergrößert. So sah sie aus wie ein Topmodel.

Wenn es so weiterginge mit dem Job, würde sie bald wirklich so aussehen. Sie hatte sich informiert und einen Schönheitschirurgen gefunden, der auf seiner Startseite damit warb, die Instagramability seiner Kundinnen auch im echten Leben zu erhöhen. Das war genau, was sie wollte.

Maggie-Venus Goligowski sah auf die Uhr. Es war Viertel nach neun. Zeit für ihren Abendshake. Seit sie sechs Mal am Tag eine Ration *Fit me* trank, hatte sie keine Heißhungerattacken mehr. Sie hatte überhaupt keinen Hunger mehr – das war das Allerbeste daran. Sie ging zu ihrem Porsche Taycan, warf den Selfie-Stick in den Kofferraum und nahm sich dafür eine der schicken Plastikflaschen. Damit setzte sie sich ins Auto und trank. Gleich würde sie ihr Video zusammen mit dem vorbereiteten Text an die Chefredaktion schicken. Dann sahen die auch direkt, dass sie mal wieder buchstäblich rund um die Uhr für die *Trash n' Art* im Einsatz war. Und die Story lief super, das konnte sie an den Klicks sehen.

Martin würde gar nicht anders können, als sie zu befördern.

Der Vortrag

Unter den Gästen der Galerie Krull war neugierige Unruhe ausgebrochen. Alles tuschelte durcheinander und betrachtete aufgeregt die etwa sechzig mal vierzig große Leinwand, die ungerahmt an der Wand hing. Das verlieh dem Bild zusätzlich etwas Unfertiges, ja Ungehobeltes.

»Wie? Das hat Bramsche gemalt, der sonst nur langweilige Landschaften im Nebel gepinselt hat?«, fragte eine Frau angeregt ihren Mann. »Boah, das hätte ich dem ja nie zugetraut.«

»Sensationell!«, rief ein anderer Gast, und der Bürgermeister ließ sich zu einem »Holla, die Waldfee!« hinreißen.

»Warum hat das Bild denn keinen Rahmen wie die anderen?«, fragte ein Kind.

»Und Sie sind sicher, dass das eine Fälschung ist? Könnte es nicht sein ...«, hörte Linn den Konfirmationsanzug seinen Professor leise fragen.

»Schweigen Sie! Sie haben ja keine Ahnung!«

Linn bemühte sich derweil, ihr Malheur mit dem Glas, so gut es ging, zu kaschieren und die Scherben mit dem Fuß an die Wand zu schieben. Auf ihrer Hose jedoch hatte das volle Glas sichtbare Spuren hinterlassen – bis hinauf zum Schritt. Und ausgerechnet heute hatte sie eine hellgraue Jeans angezogen, auf der nasse Flecken besonders gut zu sehen waren. Huere siech!

Bettina sah sie belustigt an und öffnete bereits den Mund für einen Kommentar. Aber Linn war schneller.

»Wenn du jetzt sagst: *Alles fit im Schritt?*, war's das. Dann gehe ich sofort. Also überleg's dir gut.«

Die Barocke riss theatral die Augen auf, schloss ihren Mund und drehte sich demonstrativ ihrem Champagnerglas zu. »Manchmal denke ich, du hast überhaupt keinen Humor«, gluckste sie.

»Meine Damen und Herren«, übernahm nun Paula Zwiesel das Mikrofon. »Ihre Reaktion verrät mir bereits viel über Sie. Zum einen, dass Sie Ferdinand Bramsches Werk kennen, seine Gemälde und Zeichnungen der Region nördlich von Osnabrück. Zum anderen, dass Sie dieses Gemälde, die *Kalte Sophie*, in seiner Eigenwilligkeit und Ausgestaltung zutiefst überrascht hat. Und warum? Weil es völlig anders ist als die Gemälde, die wir sonst von Bramsche kennen – und völlig anders als andere Porträts von Frauen. Dies gilt nicht nur für das 19. Jahrhundert – die *Kalte Sophie* ist auf 1803 datiert –, sondern bis heute. Das zeigt auch die Auswahl der unterschiedlichen Frauenporträts, die heute in der Galerie Krull ausgestellt sind. Das übliche Frauenporträt«, mit ihren Zeige- und Mittelfingern malte sie Anführungszeichen in die Luft, »zeigt in den allermeisten Fällen junge, schöne Frauen. Oft stehen die Darstellungen dabei nicht für eine spezifische Frau – Maria als Mutter Gottes vielleicht ausgenommen – sondern es sind Allegorien für Jugend, Schönheit, Unschuld oder auch Sinnlichkeit und Verführung. Sind die dargestellten Frauen, sagen wir mal älter als dreißig, ist in den allermeisten Fällen davon auszugehen, dass es sich um wohlhabende Damen handelt. Darstellungen von Bäuerinnen oder anderen Arbeiterinnen machen in der Kunstgeschichte nur einen sehr geringen Anteil aus – und auch hier verfügen die dargestellten Frauen oft über jugendliche Attraktivität. Ältere oder gar alte Frauen sind in der Kunstgeschichte eine Ausnahme – ganz genau wie heute auf TikTok oder Instagram.«

»Ah, guter Vergleich!«, bemerkte jemand aus dem Publikum.

»Was also sehen wir hier: Die *Kalte Sophie* zeigt das Bild einer – geben wir es zu! – nicht gerade schönen Frau. Oder wie würden Sie es beschreiben?«

»Sie ist hässlich!«, rief ein Mann von hinten und erntete Applaus und Gelächter aus dem Publikum.

»Widerlich! Mit ihrer krummen Nase und den Warzen!«, ergänzte eine Frau.

»Oder sind das Pickel? Sieht aus wie ein Hautausschlag«, stellte ein junger Mann fest.

»Ihre Haare sehen auch voll fettig aus und schief geschnitten«, kommentierte ein Mädchen. »Und ihre Bluse ist dreckig.«

»Eine hässliche alte Hexe ist das!«, rief ein weiterer Mann.

Paula Zwiesel lächelte zufrieden und packte ihre Karteikarten weg. Die brauchte sie offenbar nicht mehr. Ihr Vortrag und die Einbindung des Publikums funktionierten wie von selbst.

»Ganz genau!«, stellte Zwiesel fest. »Die *Kalte Sophie* zeigt eine erschütternd hässliche Frauengestalt, verwahrlost, ungepflegt, abstoßend. So hässlich, wie sich niemals eine Frau hätte malen lassen. Zur Zeit der Entstehung des Bildes, das müssen wir uns vergegenwärtigen, sind die meisten Porträts Auftragsarbeiten. Es gab damals ja noch keine Fotografie, mal eben schnell zur Erinnerung ein Foto von der Liebsten machen, war nicht möglich. Oder für die Jüngeren: Dem Lover kurz ein Selfie schicken, ging vor zweihundert Jahren nicht. Also ließ man sich malen oder die Familie gab das Porträt einer jungen Dame in Auftrag. Beides kann hier nicht der Fall gewesen sein. Was also will uns der Künstler mit diesem Gemälde sagen? Diese interessante Frage können wir lösen, da bin ich mir sicher, wenn wir uns Ihre erste Reaktion nochmals ins Gedächtnis rufen. Da hinten«, Paula Zwiesel wies in Linns Richtung, »hat sogar jemand ein Glas fallen lassen, als wir das Gemälde enthüllt haben. Sie sind erschrocken, Sie sind erschaudert. Ferdinand Bramsche war ein Meister seines Fachs. Es ist daher davon auszugehen, dass er genau das erreichen wollte. Zugleich war er ein großer Landschaftsmaler und Naturkenner. Was läge also näher, als dass er mit diesem Bild eine Metapher für die Natur schaffen wollte?«

»Für die Natur?«, fragte einer aus dem Publikum.

»Diese These ist ja vollkommen an den Haaren herbeigezogen«, murmelte der weißkranzige Professor.

»Erinnern Sie sich an den Titel des Gemäldes!«, fuhr Zwiesel fort. »*Kalte Sophie* wurde von dem Maler ganz bewusst gewählt. Wir haben Anfang Mai. Nächste Woche sind die sogenannten Eisheiligen. Das sind Tage, an denen es nochmals richtig kalt werden kann. Dieses Wetterphänomen existiert in unseren Breitengraden seit Jahrhunderten – und noch so lange, bis uns der Klimawandel auch hier einholt.«

Zustimmendes Nicken aus dem Publikum.

»Für die Bauern der Region war es existenziell, das zu wissen, und so lange mit der Aussaat zu warten. In einigen Gegenden werden diese Tage auch die *Gestrengen Herren* genannt: Mamertus, Pankratius, Servatius und Bonifatius. Die Namen orientieren sich an den Namenstagen von katholischen Heiligen. Doch mit den vier Tagen war es manchmal nicht getan. Bauern, die das dachten, wurden umso brutaler bestraft. Denn nach den vier strengen Herren kam bisweilen noch eine Dame, auch sie benannt nach der katholischen Heiligen dieses Tages: Sophia. Warum aber kennen wir diesen Tag heute als *Kalte Sophie*, Pankratius aber nicht als *Eisigen Pankratius* oder Bonifatius nicht als *Gefrierenden Bonifatius*? Hat jemand eine Idee?«

»Weil es eine Frau war!«, rief eine junge Besucherin. »Die Männer bleiben neutral, auch wenn sie eine ganze Ernte vernichten.«

»Ist man den nirgendwo vor diesem Gendermist sicher?«, gab ein Mann seinem Ärger laut Luft. Linn erkannte den Glatzkopf von vorhin.

Doch Zwiesel hatte der Einwurf der jungen Frau gefallen: »Da sind Sie durchaus auf der richtigen Spur«, lobte sie. »Es fällt auf, dass nur Sophie ein Adjektiv bekommen hat. Und zwar eines, dass sie als kalt, als abweisend, potenziell auch als sexuell abweisend charakterisiert.«

»Das wird ja immer absurder«, schimpfte der Professor vor sich hin.

»Psst«, kam die Reaktion aus der Nähe.

»Und auch das Wort *alt* schwingt in *kalt* mit«, erklärte Zwiesel weiter. »Alle diese Ebenen hat Bramsche in seinem Gemälde meisterhaft umgesetzt. Schauen wir uns einmal die kalten, stechenden blauen Augen der Porträtierten an, ihre fleckige, faltige Haut. Schauen Sie sich nur ihre Kieferpartie an! Und besonders schön sieht man es auch an den Ohren: Die Ohrläppchen sind völlig ausgeleiert, was durch den Ohrschmuck mit den roten Steinen noch betont wird.«

»Das ist doch Quatsch!« Diesen Einwurf hatte der Weißbekranzte deutlich lauter gesagt als die Zetereien zuvor.

Paula Zwiesel stutzte und ließ ihren Blick über das Publikum schweifen. Er blieb bei dem Professor hängen.

»Auch das Dekolleté ist voll schrumpelig«, ergänzte das Mädchen von vorhin und riss die Vortragende offenkundig aus ihren Gedanken. »Wie eine alte Kartoffel, die man im Keller vergessen hat.«

»Die Paprika in meinem Kühlschrank sehen auch immer so aus.«

Die Wissenschaftlerin starrte immer noch ins Publikum. Dann schien sie sich zu fangen und fuhr fort: »Danke, genau! Das hätte ich nicht besser sagen können. Ferdinand Bramsche war ein talentierter Naturmaler – dort hinten habe ich Professor Rudolf Malinckrodt entdeckt, ein absoluter Experte, wenn es um die Landschaftsbilder Bramsches geht. Meine Damen und Herren, ich bitte Sie um Applaus. Professor Malinckrodt ist eine Koryphäe in der Kunstgeschichte. Schön, dass auch Sie heute hier sind! Das zeigt, was für eine besondere Galerie hier heute eröffnet wird.«

Die Gäste taten Paula Zwiesel den Gefallen und klatschten brav.

»Oh, das ist doch selbstverständlich«, flötete Malinckrodt nun süßlich und deutete sogar eine kleine Verbeugung an.

Verdammter Heuchler, dachte Linn.

»Nun aber zurück zu unserem Gemälde. Bramsche hat mit diesem Porträt eine Metapher für ein Wetterphänomen geschaffen!«, kam Zwiesel zum Kern ihrer These. »Und er war es, der diesem Phänomen den Namen *Kalte Sophie* gab. Ich habe bislang kein früheres Zeugnis für die Verwendung dieses Ausdrucks finden können. Ich bin daher überzeugt: Wenn in unseren Kalendern am 15. Mai *Kalte Sophie* steht und nicht einfach nur *Sophia*, dann geht das auf Ferdinand Bramsche zurück und auf dieses Bild, das wir hier vor uns haben. Trotz der langen Zeit, in der es als verschollen galt.«

»Bravo!«, rief jemand.

Das Publikum applaudierte, Paula Zwiesel nickte dankend.

»Wunderbar!«, schloss sich Burgel Krull an und trat neben die Kunsthistorikerin auf das Podium. »Vielen Dank für diesen erhellenden und lebendigen Vortrag, liebe Frau Doktor Zwiesel. Eine Frage aber müssen Sie noch beantworten, die bestimmt vielen unter den Nägeln brennt: Wo war dieses Gemälde in den letzten beiden Jahrhunderten?«

Paula Zwiesel pustete sich den dunklen Pony aus den Augen. »Das ist in der Tat eine sehr spannende Frage. Wissen Sie, berühmte Männer haben einiges gemeinsam, unter anderem, dass sie sich schon zu Lebzeiten um ihren Nachlass kümmern. So war das auch bei Ferdinand Bramsche, der in seinem Testament dezidiert festgelegt hat, dass er seine über tausend Natur- und Landschaftsbilder dem Bistum Osnabrück vermacht. Dieses hat sie wiederum Ende des 19. Jahrhunderts dem neu gegründeten Stadtarchiv gegeben.«

»Brauchten den Platz wohl für Goldbarren«, kommentierte jemand süffisant und erntete darauf munteres Gelächter. Zwiesel schmunzelte. »Jedenfalls ist das der Grund, weswegen sein Werk so gut erhalten und dokumentiert ist. Liest man jedoch Bramsches Testament, fällt auf, dass er darin einem engen Freund mehrere vernagelte Holzkisten vermachte. Es ist anzunehmen, dass die *Kalte Sophie* in einer dieser Kisten war und sich somit in

Privatbesitz befunden hat. Und hier gebe ich den Ball zurück an Sie, liebe Frau Krull, denn nun kommen Sie ins Spiel.«

Burgel Krull rückte ihre rotrandige Brille zurecht und übernahm nicht ohne Stolz das Mikrofon.

»Vielen Dank, liebe Frau Zwiesel. Ja, manchmal kommt der Zufall zu Hilfe. Eine Freundin aus Jugendzeiten hat ein Haus in meiner Nachbarschaft geerbt und ich habe ihr geholfen, den Dachboden zu entrümpeln. Dabei haben wir das Bild entdeckt – zusammengerollt und verstaubt. Wie es dahin gekommen ist, wissen wir nicht. Doch unsere Recherchen haben schnell ergeben, dass es sich um das verschollene Bild von Ferdinand Bramsche handelt, das schon von Goethe erwähnt wurde.«

»Und sein vermaledeiter Nachlassverwalter Eckermann musste diesen Brief unbedingt in die Werkausgabe aufnehmen«, zischte Malinckrodt.

»Nun ist es wieder da, und ich bin stolz, es bei dieser Vernissage zeigen zu können. Und da ich vorhin die Frage aus dem Publikum gehört habe: Wir zeigen das Bild so, wie wir es gefunden haben. Da Ferdinand Bramsche dieses Gemälde offenbar nie gerahmt hat, haben wir uns entschieden, es ebenfalls ohne Rahmen zu zeigen und die Leinwand schlicht hinter einer Glasscheibe auszustellen. Ich denke, das entspricht diesem Bild am meisten und betont die Naturgewalt, die in diesem Gemälde gebündelt ist. Und, meine Damen und Herren: Wie alles, was wir heute zeigen, steht auch dieses Gemälde zum Verkauf. Bei Interesse sprechen Sie mich gerne an. Und jetzt: Genießen Sie den Champagner und unser Flying Buffet – und kaufen Sie Kunst! Bei steigender Inflation ist das eine hervorragende Anlage!«

Das Publikum applaudierte erneut und die Menschenmasse setzte sich in alle Richtungen in Bewegung. Die Lautstärke im Raum wuchs wieder an.

»Weißt du, was so ein Gemälde bringt?«, fragte Linn ihre abgebrochene Kunsthistorikerinnen-Begleitung.

»Keine Ahnung. Bramsches Ölbilder liegen bestimmt im höheren fünfstelligen Bereich. Da würde ich dieses höher ansetzen, wegen Seltenheitswert.«

»Nicht schlecht.«

Eine männliche Hostesse kam mit zwei riesigen Tabletts mit Häppchen vorbei. Linn und Bettina griffen zu und bissen gierig in die belegten Brötchen.

»Stehen bleiben, junger Mann«, rief ein Gast der Hostesse zu. Der ernste junge Mann in Gold hielt ihm das Tablett vor die Nase.

»Bitte schön«, sagte er.

»Was hat denn wohl von alledem die wenigsten Kalorien? Ich bin nämlich auf Diät.«

»Die wenigsten Kalorien hat dieses hier, mein Herr«, antwortete der Goldene und zeigte auf den Rand des Tabletts.

»Aber da liegt ja gar nichts.«

»Et voilà!«

»Sehr witzig.« Der Bürgermeister griff sich mit beiden Händen, was er an Brötchen greifen konnte.

»Bon Appetit.«

Beide verschwanden wieder in der Menge.

»Und? Habe ich euch zu viel versprochen?« Burgel war zu ihnen herangerauscht. »Ist das nicht ein fantastisches Gemälde – und hat Paula Zwiesel das nicht einfach großartig erklärt? Ich bin ganz begeistert.«

»Mmmmh, 'otal«, bestätigte ihre Nichte kauend. »Da is' dir ein 'ichtiger Triumff gelung'.«

»Absolut«, sagte Linn und schluckte einen Bissen Thunfischpaté. »Eine super Geschichte, dieses Bild!«

Burgel strahlte über ihr ganzes Merkelgesicht. »Ach, du warst das mit dem Glas«, stellte sie mit einem Blick auf Linns nasse Jeans fest. »Zum Glück macht Champagner keine Flecken. Ah, da hinten sind die Menschen von der Presse. Da muss ich mal rüber. Nicht, dass dieser Unflat von Galerieverbandspräsident mir zuvorkommt. Ich kann ihn grad nirgendwo sehen.«

»Den Glatzkopf von vorhin?«

»Ein unvergleichlicher Idiot, sag ich euch. Und unangenehm ist der, richtig unangenehm.«

Sie wollte gerade gehen, als ein lauter Knall die Galerieräume erschütterte.

Von einer Sekunde zur nächsten war alles dunkel.

Sie

Immer wieder drückte sie mit der Schulter gegen die massive Tür, doch diese bewegte sich keinen Millimeter. Auf diesem Weg würde sie nicht aus ihrem Gefängnis entkommen können. Erschöpft und zunehmend verzweifelt lehnte sie sich an die Wand.

Was hatte er vor? Dachte er, sie sei nun so etwas wie sein Haustier? Wollte er sie für den Rest ihrer Tage festhalten, festgekettet an der Mauer? Wollte er sie quälen und vergewaltigen? Hatte er vor, sie unter Androhung von Hunger und Durst zu zwingen, ihm gefügig zu sein? Hier unten oder doch oben im Haus? Allein bei diesem Gedanken spürte sie wieder einen Anflug von Schwindel. Stellte er sich vor, dass sie nun seine persönliche Sklavin war und geilte ihn das auf? Aber da täuschte er sich in ihr. Lieber würde sie mit dem Kopf gegen die Mauer rennen.

Wieder analysierte sie ihre Möglichkeiten. Wie sie ihn einschätzte, würde er nicht lange warten, bis er ihr wieder einen Besuch abstattete. So lange hatte er ihr nachgestellt, jetzt hatte er sie in seinem Keller – sie ging jede Wette ein, dass er schon sehr bald wieder nach ihr sehen würde.

Doch was würde geschehen, wenn er die Tür aufschloss? Die Tür öffnete sich nach außen.

Er würde schon im Türrahmen sehen, dass sie nicht mehr auf der Pritsche lag. Stand sie dann neben der Tür, hatte sie nur einen Versuch, ihn niederzuschlagen. Und sie hatte nur eine brauchbare Waffe: In den Säcken lagen tatsächlich Kartoffeln – und diese waren hart wie Holz. Ein paar davon in einen der groben Säcke, könnte ihn zumindest für kurze Zeit außer Gefecht setzen.

Die zweite Möglichkeit war, so zu tun, als sei sie immer noch gefesselt, und sich auf die Pritsche zu legen. Dann jedoch müsste sie ihn sehr nah an sich herankommen lassen. Ihre einzige Chance wäre dann das Überraschungsmoment, wenn sie sich mit Schwung aufrichtete und ihn mit der Wucht ihres Körpers zu Fall bringen würde. Diese Möglichkeit jedoch barg die Gefahr, dass ihr wieder schwindelig wurde. Für ihre Flucht war das ein zu großes Risiko. Ihr Kopf schmerzte zu sehr.

Also blieb nur, hinter der Tür auf ihn zu warten. Sie packte ein paar Kartoffeln zusammen und brachte sich in Position.

Schwarz

»Wie schade!«, rief eine Frau hörbar angeheitert in die Dunkelheit. »Jetzt können wir die schönen Bilder ja gar nicht mehr sehen.«

»Ich finde, so macht Kunst erst richtig Spaß«, witzelte ein anderer.

»Ist halt einfach sehr dunkle Kunst«, doppelte einer nach. Die Runde verfiel in lautes Gejohle.

»Haben Sie die Stromrechnung nicht bezahlt, Frau Krull?«, kicherte eine andere.

»Sie nutzt bestimmt Solarstrom, der funktioniert in der Nacht nicht«, war eine männliche Stimme zu hören.

»Also alle schnell den Schampus trinken, solange er noch kalt ist!«

»Einverstanden, Bedienung!«

»*Heute schütte ich mich zu! Denn ich hab ja allen Grund dazu*«, fing die angedüdelte Runde an, den Evergreen von Karl Dall zu singen. »*Heute hau ich einen drauf, na hallo, heut hält mich keiner auf! Mit Gefühl, schubidu, schütte ich mich zu!*«

»Na toll«, stellte Burgel Krull konsterniert fest. »Wetten, dass das morgen in jedem Bericht steht?«

»Meinst du die Ballermannstimmung oder den Stromausfall?«, fragte Linn. »Da ist bestimmt nur eine Sicherung rausgeflogen. Wenn du mir sagst, wo der Kasten ist, taste ich mich mal hin.«

»Lass mal«, erwiderte Burgel. »Das mach ich schon, ist direkt um die Ecke. Bleibt ihr mal schön hier.« Und an alle gerichtet, fügte sie lauter hinzu: »Ein wenig Geduld! Das Licht geht gleich wieder an, und dann geht's auch mit dem Büfett weiter.«

»*Mit Gefühl, schubidu, schütte ich mich zu!*«, antwortete die Mallorca-Runde überschwänglich.

Linn spürte, wie Burgel sich entfernte, und lehnte sich wieder an die Wand.

»Zumindest ging das Licht nicht während des Vortrags aus.«

Bettina seufzte. »Da hast du auch wieder recht.«

»Heinrich, nimm die Hand da weg!«, hörten sie einen Mann gespielt pikiert ausrufen.

»Oho! Ihr nutzt aber auch jede Gelegenheit!«

Schallendes Gelächter. Der Stromausfall tat der guten Stimmung im Raum keinen Abbruch. Wahrscheinlich war dazu der Alkoholpegel einfach schon zu hoch.

Das hat Merkel 2.0 clever gemacht, dachte Linn.

Einige Gäste zückten ihre Handys, sodass die Dunkelheit nun durch einzelne Lichtpunkte durchbrochen wurde.

»Spielverderber«, rief einer. »Ihr haltet ja auch keine fünf Minuten Romantik aus.«

»So romantisch finde ich Ihre Nähe nicht. Zudem klebt das Thunfischpaté von Ihrem Brötchen am Ärmel meiner Frau.«

»Iiiih, das ist ja widerlich«, schrie diese empört auf. »Warum sagst du mir das nicht?«

»Weil ich's jetzt erst gesehen habe. Bis gerade war es stockenduster, falls es dir nicht aufgefallen sein sollte.«

»Ich finde das schon problematisch, Hartmut, wenn du mit anderen eher redest als mit mir.«

»Jetzt übertreibst du aber, Rosemarie. Ich hab's doch vorher gar nicht sehen können! Und weißt du was, ich mach das Handy wieder aus.«

»Mach doch, was du willst.«

»Schön wär's.«

»*Es gibt kein Bier auf Hawaii, es gibt kein Bier!*«, sang die fröhliche Runde weiter. »*Drum fahr ich nicht nach Hawaii, drum bleib ich hier!*«

»Ich muss gerade an meinen Abiball denken«, stellte Bettina fest.

»Hattet ihr da auch einen Stromausfall?«

»Nein, aber eine sehr dunkle Abstellkammer zum Rumknutschen, hihi.«

»Bettina, ich sag's dir nochmal: Hände weg von den Hostessen!«

»Ich benehme mich ja.«

»So ist's brav.«

»Ich will ja später nicht eine dieser durchgeknallten Alten werden.«

»Was heißt hier später?«

»Sehr witzig. Und bei dir: Alles fit im Schritt?«

»Ebenfalls: Sehr witzig! Aber danke der Nachfrage, langsam wird's trocken.«

»Das tut mir leid für dich«, prustete die Barocke los, und Linn musste sich eingestehen, dass das ein echt guter Spruch war.

»Bettina?«

»Ja.«

»Du bist längst eine durchgeknallte Alte.«

»Danke, du auch.«

»Ich hab's befürchtet. Bei den Frauen beginnt das komischerweise schon mit unter vierzig.«

»Ja, und es ist super!«

Das Licht ging wieder an. Burgel hatte den Sicherungskasten also gefunden. Die Gäste klatschten Beifall.

»Lokalrunde!«, rief einer der Sänger von eben.

»Das ist eigentlich eine super Szene für ein Theaterstück«, sinnierte Bettina. »Erst eine fröhliche Party, dann ein Stromausfall mit vielen einzelnen Szenen – und wenn das Licht angeht, ist alles anders.«

»Du weißt gar nicht, wie recht du hast«, raunte Linn.

»Warum? Und warum sprichst du so geheimnisvoll?«

Linn wies mit dem Finger auf die Wand, an der eben noch die Sensation der Galerie gehangen hatte. Dort stand der Bürgermeister und starrte mit offenem Mund ins Nichts.

»Weil die *Kalte Sophie* weg ist.«

Über den Dächern

Ulrike Kohlmeier schob zärtlich die langgliederige Hand von ihrem gestählten Bauch und rollte sich aus dem Bett. Nackt ging sie zum Fenster und schaute hinaus in die Nacht. Auch wenn sie nie eine Freundin von Hochhäusern war: Der Ausblick war atemberaubend. Die Stadt lag ihr wie glitzernde Juwelen zu Füßen.

Sie seufzte tief. »Es nützt alles nichts. Ich muss los.«

»Du könntest auch bleiben«, kam es aus dem Bett.

Die sportliche, blonde Frau lächelte. »Ja, ich könnte auch bleiben. Aber so einfach ist das nicht. Es geht hier auch um meine Familie. Meine Tochter kommt heute noch. Ich muss da sein.«

»Dein Kind ist erwachsen. Sie würde es verstehen.«

»Vielleicht.«

»Wo also liegt das Problem?

Ulrike Kohlmeier riss sich vom Anblick der Stadt los und begann, ihre Unterwäsche zu suchen. Ihr Top fand sie am Fußende des Bettes. Ihr Slip hing dekorativ an der Yucca-Palme.

»Lass doch«, lachte es aus dem Bett. »Ich finde, der passt da sehr gut hin. Lass ihn hängen, als Erinnerung an dich.«

Sie grinste und schmiss mit einem Kissen. »Mist, wo sind denn meine Sachen alle hin? Als ob wir Teenager wären.«

»Du holst halt die Leidenschaft aus mir heraus. Aber jetzt mal im Ernst: Ist es Dieter? Geht es hier um ihn?«

Ulrike Kohlmeier hatte inzwischen auch ihre beiden Socken gefunden.

»Ich weiß es nicht. Manchmal denke ich, dass er ohne mich überhaupt nicht klarkäme. Nächstes Jahr steht seine Wiederwahl an. Da braucht er mich. Eine Trennung in einem Wahljahr geht gar nicht.«

»Ich brauche dich auch.«

»Ich weiß«, erwiderte sie leise und schlüpfte in ihre Skinny-Jeans. »Du hast ja recht. Und ich brauche dich genauso.«

»Bist du sicher?«

»Was meinst du damit?«

»Manchmal denke ich, dass du Dieter mehr brauchst. Mehr brauchst als mich und mehr brauchst als er dich.«

Die Sportliche stöhnte auf. »So weit kommt's noch!«

»Du liebst es, die First Lady der Stadt zu sein. Das kann man dir ansehen. Du liebst es, angesprochen zu werden und prominent zu sein. Und du liebst es, deine Charity-Projekte zu machen.«

Nun hatte sie auch ihren Lieblingspulli gefunden und zog sich ihre Sneaker an.

»Das klingt, als sei ich Dieters Anhängsel. Das bin ich nicht und das war ich nie.«

Aus dem Bett wurde das Kissen zurückgeschleudert.

»He!«

»Was denkt Dieter eigentlich, wo du heute Abend bist? Bin ich heute *Kartenspielen mit Freundinnen* oder wieder die *spirituelle Vortragsreihe*?«

Ulrike Kohlmeier schüttelte ihre kurzen blonden Locken. »Heute bist du *Pilates mit Biggi und Dörte.*«

Aus den Kissen erklang ein dunkles Lachen. »Wer sind denn Biggi und Dörte?«

Sie beugte sich über das Bett und versank in einem leidenschaftlichen Kuss. »Ich habe nicht den leisesten Schimmer.«

»Ich fühle mich geehrt. Komm, mehr davon!«

»Die Freude war ganz auf meiner Seite«, hauchte Ulrike Kohlmeier. Dann riss sie sich los, warf noch eine Kusshand in Richtung Bett und verließ die Wohnung.

Nachts bei Burgel

Es war weit nach Mitternacht, als die Polizei endlich weg war und Linn, Bettina und Burgel konsterniert am düsteren Esstisch des Krull'schen Rocky-Horror-Hauses saßen.

»Was für ein Albtraum«, stöhnte Burgel. Linn konnte sich nicht gegen den Gedanken wehren, dass die Bundeskanzlerin nach ätzenden Terminen mit Putin oder Söder am Küchentisch ganz genauso geschimpft hatte. Vielleicht häufiger, als man sich das vorstellen wollte.

»Das Bild ist weg. Gestohlen! Und das ausgerechnet am Tag der Eröffnung. Mir wird ganz schlecht, wenn ich mir vorstelle, was meine Versicherung sagen wird. Wenn es nicht mehr auftaucht, ist das mein Ruin. Das Ding ist auf richtig viel Geld geschätzt – und so gut ist meine Bekanntschaft zu seiner Besitzerin nicht, als dass sie auf das Geld verzichten würde. Vom Ruf meiner Galerie ganz zu schweigen.«

»Immerhin bist du versichert«, tröstete Bettina. Doch ihre Tante schüttelte nur den Kopf.

»Wir sind hier in Deutschland. Du kannst kein Geschäft eröffnen, ohne versichert zu sein. Die Frage ist nur, was so eine Betriebshaftpflichtversicherung für Museen alles abdeckt – und was nicht. Und da kann ich dir jetzt schon sagen: Das wird nicht lustig. Und für die Polizei ist das eine popelige Lappalie.«

»Na, komm. Das kannst du so nicht sagen«, versuchte Bettina zu relativieren.

»Nicht? Das haben die doch mit jeder Pore ausgestrahlt. Die mussten sich doch sogar das Lachen verkneifen, als sie erfahren haben, dass sie das Porträt einer hässlichen Frau suchen sollen …! Ich hab's ihnen genau angesehen! Ich glaube nicht, dass die sich mit viel Elan in den Fall stürzen werden.« Und nach einer kurzen Pause sagte sie zu Linn: »Könnt ihr mir nicht helfen? Ich habe alle deine Krimis gelesen. Du verstehst doch etwas von Verbrechen!«

Linn wollte gerade abwehren, doch ihre barocke Begleiterin warf ihr einen mahnenden Blick zu.

»Natürlich helfen wir dir, Burgel«, erwiderte Bettina schnell.

»Aber –«, versuchte Linn zu intervenieren. Doch Bettina war bereits komplett im Shirley-Holmes-Modus: »Waren die Bilder an der Wand denn irgendwie gesichert?«

»Du meinst so was wie ein Stromkabel, das einem Dieb einen Stoß verpassen würde?« Der sarkastische Ton war nicht zu überhören.

»Muss ja kein Stromschlag sein. Ein einfaches Alarmsignal täte es ja auch.«

Burgel Krull verdrehte die Augen. »Wir sind hier doch nicht in der Bronx! Wir sind in Osnabrück. Hier muss ich doch nicht gleich mit dem Schlimmsten rechnen, verdammt nochmal!«

»Na, offensichtlich schon.«

»Das bringt uns nicht weiter«, unterbrach Linn den Streit. »Lasst uns lieber nochmal gemeinsam überlegen, was genau passiert ist und woran wir uns erinnern können.«

»Woran, woran! Das habe ich doch gerade schon der Polizei erzählt!«, rief Burgel verzweifelt. »Das Licht ging aus und als ich die Sicherung wieder reindrückte, war das Bild weg.«

»Schon klar. Und jetzt alles ein bisschen genauer. Wenn wir dir helfen sollen, musst du uns alles sagen, woran du dich erinnern kannst, und das möglichst genau. In eurer Familie legt ihr doch sonst so viel Wert auf Details.«

»Wie meinst du das?«, fragte die Barocke unschuldig.

»Nach dem Vortrag dauerte es noch ein paar Minuten, bis das Licht ausging. Was ist in dieser Zeit passiert?«

»Was soll passiert sein? Nachdem der Vortrag zu Ende war und ich das Flying Buffet eröffnet habe, kamen ein paar Leute auf mich zu, um mich zu beglückwünschen. Dann bin ich zu euch rübergekommen und dann ging auch schon das Licht aus.«

Linn war mit diesen Ausführungen immer noch nicht zufrieden. »Wer wusste von der Sicherung?«

Die Bundeskanzlerin schüttelte verzweifelt den Kopf. »Alle, die es wissen wollten! Der Sicherungskasten befindet sich im Flur unmittelbar hinter der Wand mit der *Kalten Sophie*. Alle, die mal aufs Klo oder in die Teeküche mussten, sind daran vorbeigegangen. Und natürlich alle, die sich einfach mal umschauen wollten – darum ging's doch bei der Eröffnung! Ich hatte Open House, *Lünn*!«

»Sorry, aber könntest du mich bitte *Linn* nennen und nicht *Lünn*. Es ist jetzt vielleicht nicht der ideale Zeitpunkt, aber ich –«

»Ich habe doch nicht *Lünn* gesagt!«, unterbrach Burgel sie entrüstet. »Wie klingt das denn? Doch total bescheuert.«

»Äh, doch.«

Die Merkel-Doppelgängerin sah sie strafend an. »Also ich weiß doch, was ich gesagt habe! Und ich sage garantiert nicht *Lünn*. Was wirfst du mir hier vor? Das kann ich nicht akzeptieren, mein Tag war schlimm genug.«

Linn starrte sie irritiert an. Mit dieser Reaktion hatte sie nicht gerechnet – und schon gar nicht mit einem so heftigen Gegenvorwurf. »Okay. Dann hätten wir das geklärt und du nennst mich Linn«, versuchte sie, den Disput zu beschwichtigen. Doch da hatte sie Burgel völlig falsch eingeschätzt.

»Mir ist es schon wichtig, dir hier ein Feedback zu geben«, wurde sie nochmals zurechtgewiesen. »In einer Situation, die für mich so belastend ist, so pedantisch zu sein, finde ich nicht gut.«

Linn fiel die Klappe runter. »Wie bitte?«

Bettina schritt ein. »Leute, lasst uns bitte zum eigentlichen

Thema zurückkommen: Wir sind uns also einig, dass es keinerlei Sonderwissen brauchte, um für Dunkelheit zu sorgen. Die Frage ist also, wer war nicht mehr im Raum, als es dunkel wurde?«

Burgel nickte eifrig. »Sehr richtig. Danke, Bettina! Also als das Licht ausging, stand ich bei euch.«

Linn versuchte, sich ebenfalls wieder auf das Eigentliche zu konzentrieren und sich den Moment nochmals ganz genau vorzustellen. Auch wenn es ihr ziemlich schwerfiel. Wen hatten sie zu dem Zeitpunkt sonst noch gesehen – und wen nicht?

»Als das Licht wieder angegangen ist, stand der Bürgermeister am nächsten an der Stelle, an der das Bild gehangen hatte.«

»Er hat sich das Bild halt gerade angesehen, als das Licht ausgegangen ist«, erklärte Burgel ungeduldig. »Das ist nichts Besonderes. Das hat er auch der Polizei erklärt.«

Linn war skeptisch. »Aber ist es nicht seltsam, dass er nichts davon mitbekommen haben will, dass jemand das Bild buchstäblich unter seiner Nase wegklaut?«

»Vergiss den Bürgermeister. Der war schon als Jugendlicher komisch. Ich kenne ihn noch von der Schule, hat aber eine ausgesprochen attraktive Frau abgekriegt. Die ist nämlich –«

Linn schüttelte den Kopf. »Können wir bitte bei der Sache bleiben?«

»Aber was willst du damit sagen? Meinst du, der Bürgermeister hat etwas damit zu tun?«

»Ich überlege nur. Das Licht ging wieder an. Wer war noch da und wer nicht? Den Professor und seinen schlecht angezogenen Assistenten habe ich ab diesem Zeitpunkt nicht mehr gesehen.«

»Die aus dem Zug?«, fragte Bettina.

»Genau die. Die ganze Zeit vor und während des Vortrags war dieser Professor am Schimpfen. Der fand es richtig scheiße, dass das Bild von Bramsche aus der Versenkung geholt worden ist.«

»Du meinst bestimmt Rudolf Malinckrodt, den die Zwiesel ganz elegant eingebaut hat«, sagte Burgel. »Der war in der

Osnabrücker Kunstwissenschaft mal eine große Nummer – und verhält sich immer noch so. Als der mitbekommen hat, dass ich einen Bramsche zeige, stand der sofort bei mir auf der Matte und hat gefordert, das Bild sehen zu dürfen, er sei schließlich der weltweite Bramsche-Experte. Ich habe ihn rausgeschmissen und gesagt, er solle zur Eröffnung kommen wie alle anderen auch. Das fand er, sagen wir mal, suboptimal.«

»Was heißt das?«

»Das heißt, dass er unter Flüchen und wilden Verwünschungen abgedackelt ist.«

»Sehr interessant. Damit hat er ein Motiv«, stellte Linn fest. »Und dass er nicht mehr da war, als das Licht wieder anging, macht ihn verdächtig.«

»Zumal er auch noch in Begleitung war«, ergänzte Bettina. »Sein Assistent hätte ihm helfen können. Der eine macht die Sicherung raus, der andere nimmt das Bild – und zack! Raus sind sie.«

»Aber geht das denn wirklich so zack?«, fragte Linn. Ihr kam das überaus seltsam vor. Ja, in der Situation war es stockdunkel. Aber genau deshalb musste es für den Dieb doch schwierig gewesen sein, das Bild zu stehlen. Erst musste er es finden und dann damit an einer Menge Leute vorbei. Einige der Gäste waren zudem dermaßen in Stimmung, dass sie mit Sicherheit nicht brav stillstanden. Wie hatte es der Dieb also geschafft, die Galerie zu verlassen, ohne jemanden anzurempeln oder selbst angerempelt zu werden? Sie hätte das garantiert nicht hingekriegt. Oder wäre das gar nicht weiter aufgefallen? Vor allem aber: Wie bekam der Dieb das Bild von der Wand?

»Das Bild ist zwar nicht riesengroß, aber es hing hinter einer Glasscheibe. Kriegt man das so einfach da raus?«

Burgel hatte ihre Brille abgenommen und rieb sich genervt die Augen. »Ja!«

»Was meinst du?«, fragte ihre Nichte.

»Ja! Die Antwort ist Ja. Es ist ganz einfach und ich ärgere

mich total, dass es so einfach war. Die Scheibe, die haben wir mit durchsichtigem Nylonfaden an der Bilderleiste an der Decke aufgehängt. Die hing bloß als Schutz vor dem Bild. Die Leinwand haben wir mit ablösbaren Klebepads direkt an der Wand befestigt.«

»Wer ist wir?«, hakte Linn nach.

»Paula Zwiesel und ich. Sie ist schließlich Kunsthistorikerin und auch menschlich wirklich klasse, wir verstehen uns sehr gut«, – täuschte sich Linn oder hatte ihr das Bundeskanzlerinnen-Double gerade einen strafenden Blick zugeworfen? –, »ich habe fest vor, auch zukünftig mit ihr zusammenzuarbeiten. Vielleicht engagiere ich sie als externe Beraterin oder so. Ich habe sie gefragt, ob sie eine Idee hat, wie ich eine Leinwand präsentieren kann. Und sie hat mir aus ihrem Institut Klebepads mitgebracht. Das sei das Schonendste, das aktuell auf dem Markt ist, hat sie gemeint.«

Linn hob die Augenbrauen. »Das heißt, neben dir war Paula Zwiesel die Einzige, die wusste, wie das Bild befestigt war? Wo war sie denn, als das Licht ausging?«

»Das weiß ich nicht. Nach dem Vortrag stürmten einige Leute auch auf sie zu, um sie zu beglückwünschen und Fragen zu stellen. Dann habe ich nicht mehr auf sie geachtet.« Burgel stutzte. »Aber danach habe ich sie gesehen. Ja, ganz bestimmt. Als ich das Licht wieder angemacht habe, kam sie gerade vom Klo.«

»Vom Klo?«

»Ja, sie sagte noch etwas wie: ›Zum Glück ist das Klo so klein, dass man auch bei Stromausfall nichts falsch machen kann.‹ Und dann blieb sie, bis die Polizei ihre Daten aufgenommen hat. Das fand ich ganz schön tapfer von ihr, sie hat nämlich ein verletztes Bein.«

»Ach so? Das hat man beim Vortrag gar nicht gemerkt.«

»Ja, Stehen ist für sie wohl kein Problem. Aber sobald sie gehen muss, hinkt sie leicht. Sie hat es mir irgendwann erklärt, als wir auf die Polizei gewartet haben, aber ich habe nicht wirklich zugehört.«

Linn versuchte, wieder zum Punkt zu kommen.

»Das bedeutet, dass auch Paula Zwiesel den Sicherungskasten kannte. Sie hätte das Licht ausschalten, das Bild abhängen und es dann auf dem Klo verstecken können.«

»Aber da war es nicht«, rief Burgel genervt. »Die Polizei hat doch alles durchsucht. Die hatten auch diesen Gedanken, dass das Bild vielleicht noch irgendwo in der Galerie sein könnte. Aber es war nicht da. Das ist ein einziger Kacktag! Erst verklickert mir mein Vermieter, dass ab nächster Woche das ganze Haus saniert wird und er mir ein Gerüst vor die Galerie setzt – und dann wird mir auch noch ein Bild geklaut!«

Bettina warf die Stirn in Falten. »Wie, ein Gerüst? Im Ernst? Das hast du mir noch gar nicht erzählt.«

Burgel zog die Schultern hoch. »Ich wusste es bis vorhin ja gar nicht. Florian Daubner hat's mir erst kurz vor der Eröffnung gesagt. Für meine Galerie ist das eine Vollkatastrophe.«

»Schiissdräck«, kommentierte Linn. Einige Sekunden saßen die drei stumm da und starrten vor sich hin.

»Und was ist mit diesem Typen vom Galeristenverband?«, unterbrach Linn die Stille.

»Gustav Graf.« Burgels Stimme wurde hart. »Ja, das ist mein ganz besonderer Freund. Seit Monaten liegt der mir mit seiner bescheuerten Mitgliedschaft in den Ohren. Er fand es auch richtig scheiße, dass gleich mehrere seiner eigenen Kunden bei der Galerieeröffnung dabei waren.«

»Würdest du Gustav Graf so eine Aktion zutrauen?«

»In jedem Fall. Diesem Typen traue ich alles zu. In der Galerieszene ist er so eine Art Oberboss. Auch wenn es etwas schräg klingt, aber wenn ihr mich fragt, ist Gustav Graf der Pate von Osnabrück.«

Bettina fuhr sich durch ihre Hexenhaare. »Der Pate von Osnabrück – na, herzlichen Glückwunsch. Ich glaube, wir sollten jetzt alle ins Bett gehen.«

»Nein, nein«, fuhr Burgel dazwischen. »Ich meine das ganz

ernst. Dieser Typ ist mir nicht geheuer. Er kennt buchstäblich alle in der Stadt – und viele sind ihm aus dem ein oder anderen Grund noch was schuldig. Bei ihm kann ich mir auch vorstellen, dass er unter den Gästen der Vernissage einen Komplizen hatte. So einer wie Graf macht sich nicht selber die Hände schmutzig. Aber wenn ich der Polizei das sage, wird sie mich für verrückt halten.« Dabei liegt die Verrücktheit offenkundig in der Familie, dachte Linn.

»Mach dir keine Sorgen. Wir werden uns den Typen morgen genauer anschauen«, beschwichtigte Bettina ihre Tante. »Genau wie Malinckrodt und Zwiesel, wenn wir schon dabei sind.«

Linn seufzte laut. »In diesem Sinn: Gute Nacht.«

Unter sich

Als Navid Yıldırım nach Hause kam, duschte er lange. Die Goldfarbe erwies sich als erstaunlich widerstandsfähig. Danach nahm er sich eine Buttermilch aus dem Kühlschrank und setzte sich vor seinen Rechner. Er loggte sich in sein Lieblingsforum *Fuck-the-bitch.com* ein und stellte mit Genugtuung fest, dass sich die üblichen Verdächtigen längst versammelt hatten.

Die meisten, so war sein Eindruck, verbrachten ihre komplette Freizeit auf dieser Plattform. Das waren die typischen Loser, die noch nie eine Freundin hatten und sich nun gegenseitig einen vorheulten. Zu diesen Typen gehörte er eindeutig nicht.

Seit er fünfzehn war, hatte er ein überaus aktives Sexleben und nie auch nur die geringste Schwierigkeit, an Bräute ranzukommen. Dafür sah er einfach zu gut aus. Seit einiger Zeit versuchte er sich in Monogamie. Und das nicht, weil es keine Gelegenheiten gab – auch heute Abend hätte er die hübsche Dürre mit der Kamera problemlos abschleppen können –, sondern weil er das so wollte. Wirklich. Er fand geordnete Verhältnisse gut und mochte es, eine feste Freundin zu haben. Zumindest für ein paar Monate. Nein, das stimmte nicht. Gerne auch länger. Für die Zukunft war sein Ziel ganz klar, in einer langfristigen Beziehung zu leben, zu heiraten und Kinder zu haben. Vielleicht auch mit seiner Jetzigen. Er sah das locker. Er war da entspannt. Dafür wusste er zu genau, dass er eine gute Partie war: Bald hätte er seinen Uniabschluss in der Tasche, und er sah gut aus.

Und trotzdem trieb er sich in Nächten wie dieser gern bei *Fuck-the-bitch.com* herum. In Amerika, wo diese Art von Foren ihren Anfang hatte, nannten sich die Jungs selbst *Incel*: *involuntary celibate*, also *unfreiwillig zölibatär*. Das waren Männer, die Single waren und keinen Geschlechtsverkehr hatten – und die den Frauen dafür kollektiv die Schuld gaben. Navid Yıldırım hatte vor ein paar Jahren im Studium einen Artikel über diese Gruppe gelesen und war ziemlich beeindruckt gewesen: In den drei größten englischsprachigen Foren waren ungefähr sechzigtausend Männer aktiv – weit mehr, als er sich vorgestellt hatte. Der Altersschnitt lag zwischen fünfzehn und fünfundzwanzig Jahren, von denen sich – und das hätte er wirklich nicht gedacht – gut die Hälfte als politisch links verortete.

Er hatte mehr über diese Männer erfahren wollen und sich registriert. Natürlich nicht unter seinem echten Namen. Das tat hier niemand. Er war der *Schlampenjäger* – er wusste selbst nicht, weshalb er sich diesen Namen ausgesucht hatte. Es hatte ihn einfach gereizt, mal in diese Kreise abzutauchen. Schließlich war er angehender Psychologe.

Doch dann war er dort hängen geblieben. Im Kreis der anderen Jungs, die hier im Gegensatz zu ihm dauernd abhingen, war er eine Respektsperson. Sie sahen in ihm ein Vorbild, fragten ihn um Rat. Dabei ging es vor allem darum, Tipps zu geben, wie sie Frauen ansprechen oder rumkriegen konnten. Er erzählte von seinen Erfahrungen, packte alles aus, vom One-Night-Stand bis zur Paarbeziehung. Die anderen waren beeindruckt. Das gefiel ihm.

Natürlich kam es auch vor, dass die Jungs von ihren Misserfolgen erzählten. Ziemlich häufig sogar. Eigentlich waren Misserfolge das Hauptthema hier. Entweder, weil sie sich dann doch nicht getraut hatten, die Frau anzusprechen – oder weil sie eine Abfuhr bekommen hatten.

In beiden Fällen ging es darum, sich mit dem Betroffenen zu solidarisieren, die Gemeinschaft zu spüren. Das war toll und manchmal auch sehr rührend. Dafür, dass man Männern vorwarf, nicht über ihre Gefühle sprechen zu können, waren diese Momente eigentlich immer sehr authentisch. Und natürlich gehörte es auch dazu, gemeinsam über die Bitch zu lästern und sie fertigzumachen. Nur verbal natürlich.

Navid Yıldırım hatte es nur einmal erlebt, dass er ein paar Tage nach dem gemeinsamen Austausch im Forum in der Zeitung über die Vergewaltigung einer jungen Frau gelesen hatte. Kurz hatte er daran gedacht, dass dies doch dieselbe Frau war, deren Foto im Forum rumgeschickt worden war. Doch er hatte den Gedanken sofort weggeschoben. Das waren nette Jungs, denen das Leben schwer mitspielte. Viele von ihnen hatten ganz eindeutig eine Depression. Die würden sich in Wirklichkeit niemals trauen, einer Frau etwas anzutun. Sie kriegten ja noch nicht einmal den Mund auf, wenn sie vor ihnen stand.

»Wisst ihr, vorauf ich total Lust hätte?«, schrieb *Tittenbuddy* gerade. »Ich möchte diese verfickte Schlampe entführen und in meinen Keller sperren. So richtig mit Fesseln und Ketten und Knebel, sodass sie sich nicht mehr rühren kann. Und dann würde ich die immer, wenn ich Bock habe, knallen. Bis sie tot ist.«

Navid Yıldırım schaltete den Rechner aus.

Der frühe Vogel

Um kurz nach acht stand Bettina mit Kaffee neben Linns Bett. »Zimmerservice! Wir müssen ein gestohlenes Gemälde wiederfinden!«

Widerwillig schlug Linn die Augen auf. »Bei dir piept's wohl. Es ist mitten in der Nacht. Hast du Tipp eins und zwei für mein zwanzigjähriges Ich nicht verstanden? Raus aus meinem Zimmer!« Sie wälzte sich auf die andere Seite und presste sich das Kissen gegen das Ohr.

Doch so einfach war Bettina nicht zu vertreiben. »Mann ey, Frau Bestseller, steh schon auf. Wann haben wir denn sonst die Chance, so etwas Spannendes zu erleben? Ich hab dir extra einen Kaffee gemacht. Also zumindest an Tipp drei versuche ich zu arbeiten.«

Linn linste genervt unter ihrem Kissen hervor. »Wann begreifst du das eigentlich: Ich will nichts Spannendes erleben! Ich steh da null drauf. Mir reicht es völlig, wenn man mich in Ruhe meine Bücher schreiben lässt. Ich brauche keine Action im echten Leben.«

Bettina witterte wohl den Hauch einer Chance und blieb. »Okay, verstanden. Den Kaffee möchtest du aber schon, nicht wahr?« Sie hielt ihr die duftende Tasse unter die Nase. »Mmmh, riecht gut, oder? Nicht so eine Plörre wie im Zug.«

Linn schnaubte. »Du bist furchtbar, hat dir das heute schon jemand gesagt?«

»Nein. Und es hat mir gefehlt.«

»Also dann, gib her!«

»Wusste ich's doch.« Bettina reichte ihr den Pott und setzte sich auf die Bettkante. »Während du Kaffee trinkst, erzähl ich dir von meinen Recherchen.«

Linn rollte mit den Augen. Sie hatte Frühaufsteherinnen noch nie verstehen können. Bettina war wahrscheinlich schon seit Stunden wach und trotzdem fit wie ein Turnschuh.

Unbeirrt legte Shirley Holmes los: »Ich habe mich über diesen Professor Malinckrodt ein bisschen schlaugemacht. Dieser eingebildete Typ ist tatsächlich der weltweit renommierteste Bramsche-Experte. Inzwischen ist er emeritiert, aber vorher hat er sich als Wissenschaftler eigentlich ausschließlich mit Bramsche befasst, zig Bücher über ihn geschrieben, Vorlesungen über ihn gehalten. Dass Bramsche heute so bekannt ist, verdankt er größtenteils diesem aufgeblasenen Typen.«

»Da hat er aber Glück gehabt«, seufzte Linn.

»Warum?«

»Ein Wissenschaftler, der sich sein Leben lang mit einem Künstler befasst, ist ein Experte. Eine Wissenschaftlerin, die sich ihr Leben lang mit einer Künstlerin befasst, hat ein Stigma. Patriarchatslogik.«

»Tja. Das ist aber noch nicht alles, was ich rausgefunden habe.«

Linn nippte am Kaffee. »Ich lausche.«

»Erinnerst du dich noch daran, was der Prof gestern am Telefon gesagt hat, ich meine, als wir im Zug waren? Dass er den Artikel gleich zusenden würde?«

»Kann sein. So genau habe ich nicht hingehört.«

»Der Artikel ist gestern in einem Online-Fachmagazin für Kunstgeschichte erschienen.«

»Und?«

»Malinckrodt schreibt darin, dass die *Kalte Sophie* eine Fälschung ist und meine Tante nicht mehr alle Tassen im Schrank hat. Also mit etwas wissenschaftlicheren Worten. Aber trotzdem heftig, oder? Das Bild ist eine Fälschung!«

»Kannst du sehen, um wie viel Uhr der Text online gegangen ist?«

Bettina schaute irritiert, tippte dann aber etwas in ihr Smartphone. Nach wenigen Augenblicken sagte sie: »Hier, ich hab's: um 20:39 Uhr.«

»Das ist gut.« Linn gähnte erneut. »Dann haben wir jetzt einen Verdächtigen weniger. Wenn es so weitergeht, sind wir in zehn Minuten durch und ich kann weiterschlafen.«

»Wieso das denn? Warum willst du ihn denn von unserer Liste streichen?«

»Wenn der Artikel um 20:39 Uhr online gegangen ist, bedeutet das, dass unser feiner Herr Professor den Artikel schon vor der Galerieeröffnung geschrieben hat. Um 20.39 Uhr standen wir noch mit Schampus vor Burgels Galerie.«

»Und warum ist das gut?«

»Es zeigt, dass Malinckrodt das Gemälde nicht geklaut hat. Um der Fachwelt vorzugaukeln, dass es sich um ein Fake handelt, braucht er nur den Artikel – er muss das Bild nicht auch noch stehlen.«

»Du meinst, er hat im Artikel gelogen und das Bild ist gar keine Fälschung?«

»Er hat das Gemälde vorher doch gar nicht gesehen, geschweige denn untersuchen können – das hat uns Burgel erzählt. Wenn du mich fragst, ist es ihm bei dem Artikel allein darum gegangen, Bramsches Ruf zu retten. So ein Bild wie die *Kalte Sophie* passt nicht ins Gesamtwerk. Also will er als superduper Experte alle Gerüchte direkt im Keim ersticken und veröffentlicht diesen Artikel. Damit ist die Diskussion aus seiner Sicht vom Tisch. Du hast es selber gesagt: Niemand kennt Bramsches Werk wie er! Warum also sollte die Fachwelt ihm nicht glauben?«

»Stimmt.«

»Doch jetzt ist das Bild weg. Jetzt gibt es Aufmerksamkeit.

Das kann nicht in seinem Interesse sein. Darum bleibe ich bei meiner Schlussfolgerung: Malinckrodt war's nicht. Bleiben also noch Graf und Zwiesel auf der Liste. Hast du über die beiden auch schon recherchiert?«

»Nicht wirklich.«

»Das heißt, ich muss doch aufstehen?«

»Yes, Mam.«

»Was tut man nicht alles für die Freundschaft ... Dann fangen wir bei Paula Zwiesel an.«

Eine halbe Stunde später verließen die beiden Burgel Krulls Haus. Sie hatten gerade das Gartentürchen geöffnet, als sie eine Stimme hörten.

»Bettina! Bettina Heidenreich! So ein irrer Zufall. Gleich zweimal an zwei Tagen.«

Linn und Bettina kam eine auffallend dünne Frau entgegen. Bettina stutzte.

»Katharina, nicht wahr?«, erinnerte sie sich an das kurze Zusammentreffen am Vortag in Köln. »Was machst du denn hier?«

»Ich habe gestern irgendwie nicht geschaltet, als ihr erzählt habt, dass ihr nach Osnabrück fahrt. Ich komme nämlich von hier – und habe just heute früh einen Termin bei meinem Zahnarzt. Verrückt, oder? Da wohne ich schon seit fünf Jahren in Köln, aber meinen Zahnarzt habe ich nie gewechselt. Finde ich ja intimer als einen Gynäkologen.«

»Die einen sagen so, die anderen so«, kommentierte Linn trocken. Sie hatte keine Lust, sich festquatschen zu lassen. Für Gespräche am Gartenzaun war sie eindeutig noch nicht wach genug.

»Und ihr? Wo kommt ihr her?«

»Das ist das Haus meiner Tante, Walburga Krull. Wir waren gestern bei ihrer Galerieeröffnung.«

»Ist nicht wahr!«, rief die junge Frau verwundert und schüttelte ihre platinblonde Mähne. »Ist das die Galerie, bei der gestern ein Bild geklaut wurde?«

»Genau die.«

»Und ihr wart beide dabei?«

»Na ja«, wiegelte Bettina ab, »wir waren im selben Raum wie das Bild. Genau wie ungefähr achtzig andere Leute auch. Das Licht ging aus, dann ging es wieder an – und das Bild war weg.«

»Krass ... Hattet ihr keine Angst?«

Linn ging dieses Gespräch zunehmend auf den Zeiger. Sie wollte es so schnell wie möglich beenden. »Nö. Angst haben wir nur vor der Presse.«

»Wieso das denn?«, fragte die Platinblonde und schob aufgekratzt hinterher: »Habt ihr etwa etwas zu verbergen?«

»*Knowledge is Power, Francis Bacon*«, kürzte Linn ab. »Viel Spaß beim Zahnarzt!«

»Beim was? Ach so, ja, danke. – Und was macht ihr jetzt?«

Statt einer Antwort griff Linn nach Bettinas Ärmel und zog sie mit sich, fort von dieser seltsamen, aufdringlichen Frau.

Shitstorm Watching

»Und, wie sieht's heute aus?«, fragte Jo Hartmann seine Mitarbeiterin Freddy Rasch, als er früh morgens ins Büro kam und sie bereits am Rechner sitzen sah. Oder immer noch? Er wurde aus dieser jungen Frau nicht schlau. Was zum Kuckuck machte ein junger Mensch von gerade mal etwas mehr als zwanzig Jahren um diese Uhrzeit im Büro? Bei ihm war das etwas anderes. Mit zunehmendem Alter schlief er einfach nicht mehr so gut wie früher. Spätestens um fünf oder halb sechs war die Nacht für ihn endgültig vorbei. Da stand er lieber auf, als sich im Bett hin und her zu wälzen und seine Frau damit in den Wahnsinn oder noch schlimmer: aus dem gemeinsamen Bett ins Gästezimmer zu vertreiben. Damit hatte sie nämlich gedroht, wenn er nicht damit aufhörte. Seitdem stand er lieber auf.

Präsenile Bettflucht nannte seine Frau das manchmal mit diesem typischen, neckenden Ton in der Stimme. Sie schlief immer noch wie früher. Dabei waren sie fast auf den Tag genau gleich alt. Ihre Geburtstage lagen gerade mal eine Woche auseinander! Manchmal rief sie ihn gegen neun Uhr im Büro an und wünschte *ihrem alten Mann* einen guten Morgen. Um die Uhrzeit war sie gerade aufgestanden und saß bei ihrem ersten Kaffee. Ihren Laden in der Innenstadt, um die Ecke vom Dom, machte sie erst um zehn Uhr auf.

Bei ihm war der frühe Arbeitsbeginn also ein Anzeichen des Alters. Aber wie war dieses Verhalten bei Freddy zu deuten?

Kam sie vielleicht aus einem Club? Manchmal verschwand sie tagsüber für ein paar Stunden. Vielleicht schlief sie dann? Sie zu fragen, traute er sich nicht. Das hätte sie bestimmt übergriffig gefunden. Und diesen Eindruck wollte er unbedingt vermeiden. Hauptsache, sie machte ihre Arbeit. Und die machte sie gut, soweit er das beurteilen konnte. Er verstand nicht besonders viel von den sozialen Medien. Außer, dass sie ihm eher unsozial vorkamen. Aber auch sein Verlag musste mit der Zeit gehen. Darum hatte er sie als Social-Media-Expertin eingestellt.

»Ich habe eine gute und eine schlechte Nachricht«, antwortete Freddy, wie immer Kaugummi kauend. Galt das eigentlich auch schon als Sucht? Hartmann war sich ziemlich sicher, Freddy noch nie ohne Kaugummi gesehen zu haben.

»Sie machen mir Angst ...« Hartmann zog sich einen Stuhl heran und setzte sich ums Eck an ihren Schreibtisch. »Okay, dann die schlechte zuerst. Nein! Warten Sie! Die gute – ich will die gute Nachricht zuerst hören. Ja, das ist besser. Erst die gute, dann die schlechte.«

Freddy blähte die Backen auf und ließ ihren Kaugummi zu einer Blase anwachsen, die sie komplett mit der Zunge wieder einfing, bevor sie im Mund zerplatzte. »Wie Sie wollen. Also, die gute Nachricht ist, dass der Hashtag *LinnKegelHatesMen* quasi nicht mehr zieht. Es gibt noch ein paar, die den nutzen, aber das sind alles Zwergenaccounts. Er ist aus den Trends raus, und wenn Sie mich fragen, ist der spätestens morgen ganz weg, wenn Linn die Füße stillhält.«

»Gut!«, rief Hartmann aufgeregt. »Das ist wirklich gut! Dann haben wir das ja geschafft.«

Freddy wiegte den Kopf hin und her und rümpfte die Nase. »Jein, würde ich sagen. Denn jetzt kommt die schlechte Nachricht.«

»Oh Gott, lass sie bitte nicht allzu schlecht sein«, stieß Hartmann mit einem flehenden Ton hervor. »Ich will endlich wieder Bücher machen und mich nicht mit diesem Mist rumschlagen!

Also gut, sagen Sie es mir: Was ist die schlechte Nachricht? Ich halte das aus. Hoffentlich.«

»Linn ist aufgeflogen.«

»Wie bitte? Was soll das denn heißen?«

»Linn wurde in Osnabrück auf irgendeiner Party gefilmt. Das passt natürlich nicht zum Bild einer Autorin, der es leidtut, was sie getan hat. Das hat das Netz direkt aufgegriffen.

Hartmann schluckte. »Verdammt! Geht jetzt alles wieder von vorne los?«

Freddy schien auf ihrem Kaugummi förmlich rumzulutschten. Ihr Unterkiefer wippte auf und ab. »Das kann ich noch nicht sagen. Es könnte schon sein, dass Linn wieder in den Fokus gerät – die Journalistin, die an ihr dran ist, ist gut. Auf der anderen Seite hatte die Veranstaltung voll das unspannende Publikum. Auf dem Video sieht man vor allem ältere Leute, viele davon Frauen. Das interessiert die Community nicht.«

Hartmann hob die Brauen. »Ist das nicht diskriminierend?«

»Nö, warum?«

Der Verleger war verdutzt. »Die Leute haben den Shitstorm doch gestartet, weil sie der Meinung waren, dass Frau Kegel Leute diskriminiert – und jetzt interessieren sie sich nicht mehr dafür, weil auf dem Video alte Frauen zu sehen sind?«

»Warum soll das diskriminierend sein?«, fragte Freddy interessiert. »Alter ist doch kein Verdienst, ergo ist es kein Gruppenmerkmal. Man kann also nicht wegen dem Alter diskriminiert werden.«

»Ach, das sieht die Statistik aber anders. Und Geschlecht ist ein Verdienst?«

Freddy sah ihn ernst an. »Für sein Geschlecht entscheidet man sich jeden Tag. Das ist ein performativer Akt. Für sein Alter nicht. Haben Sie das neue Buch von der Battler nicht gelesen?«

»Die hat mich, wenn ihr ehrlich bin, schon vor Jahren verloren.« Hartmann wollte so schnell es ging, das Thema wechseln. Solche Diskussionen mit seiner Mitarbeiterin, das hatte er schon nach kurzer Zeit begriffen, brachten ihn kein Stück weiter. »Egal. Viel wichtiger ist: Wie geht es jetzt weiter?«

Freddy hatte ihre Arme hinter dem kurz rasierten Schopf verschränkt. Die Piercings in den Ohren glitzerten. »Die *Trash n' Art* hat über die Galerieeröffnung berichtet und auch ein Video online gestellt. Ich glaube, die versuchen gerade, eine second Wave zu starten.«

Hartmann stöhnte. »Was ist das denn nun wieder?«

Freddy stöhnte auch. »Oh Mann, ein Glück, dass Sie mich haben, ey. Also, ich erklär's Ihnen: Ein Shitstorm kann unterschiedlich aufgebaut sein. Meistens besteht er nur aus einer Welle, dann nennt man es Sturm. Ist diese abgeebbt, ist auch der Sturm vorbei. Verstanden?«

Hartmann nickte.

»Manchmal wird aber versucht, der Hauptwelle noch weitere Wellen folgen zu lassen. Wie viele, hängt von der Strategie ab. Ist eine Person interessant, wird versucht, möglichst dauernd Wellen am Laufen zu halten.«

»Das nennt sich dann wahrscheinlich Wellenbad?«, fragte Hartmann sarkastisch.

Seine Mitarbeiterin sah ihn strafend an. »Nein. Das nennt sich Cash Cow.«

»Vom Meer direkt auf die Weide, das ging ja schnell.« Nein, den Humor teilten Hartmann und seine Mitarbeiterin eindeutig nicht.

»Linn ist offenbar prominent genug, dass zumindest eine zweite Welle gestartet wird. Einen Hashtag haben sie auch schon.«

»Nämlich?«, fragte Hartmann mit einer Mischung aus Neugierde und Abscheu. Er wusste schon, warum er sich von Facebook, Twitter, Instagram, TikTok und wie sie alle hießen, fernhielt.

»Hashtag *KegelsGoldenBoy*.«

»Was soll das denn heißen?«

»Bei der Vernissage wurde Linn mit einem jungen Mann gefilmt.«

»Schön für sie. Und was macht sie mit dem? Muss ich das überhaupt wissen?«

»Sie macht gar nichts. Sie bekommt ein Glas Champagner von ihm, das ist alles.«

»Gott sei Dank! Dann ist das ja nicht schlimm.«

Wieder schüttelte Freddy abwiegend mit ihrem Kopf. »Das würde ich so nicht sagen. Die Community könnte sich bestätigt sehen, dass Linn, sagen wir mal, Männer nicht als gleichwertig ansieht. Der Typ ist von Kopf bis Fuß mit Goldfarbe besprüht.«

Hartmann sah sie fragend an.

Der Kaugummi jedoch hatte offensichtlich seinen Geschmack verloren. Freddy spuckte ihn im hohen Bogen in den Mülleimer.

Hartmann verdrehte die Augen. Diese Kaugummikauerei und -spuckerei ging ihm ganz schön auf die Nerven. Seit wann lernten junge Leute eigentlich keine Manieren mehr?

Währenddessen stopfte sich seine Mitarbeiterin einen neuen Kaugummi in den Mund.

»War's das?«, fragte er.

»Für den Moment ja. Wenn die *Trash n' Art* etwas nachschießt, wird sie das wahrscheinlich um kurz vor neun, zwischen zwölf und vierzehn Uhr oder nach achtzehn Uhr tun. Dann sind die meisten ihrer Follower online. Dazwischen ist Ruhe.«

»Gut«, fasste Hartmann zusammen. »Dann gehe ich jetzt in mein Büro und nutze die Zeit, die mir bis zum nächsten Aufreger bleibt.«

»Und was machen Sie da?«

Hartmann sah sie überrascht an. »Ich arbeite!«

Der Pate von Osnabrück

Paula Zwiesel wohnte laut ihrer Webseite ganz in der Nähe der Universität in einer Straße namens Grüner Brink. Die Nummer 11 war ein schmuckloses Gebäude aus den 1950er-Jahren.

»Du weißt, dass du mir dafür etwas schuldest, nicht wahr?«, grummelte Linn noch immer unausgeschlafen, als sie auf die Klingel drückte.

»Aber ja doch«, flötete Bettina fröhlich. Die Aussicht auf eine gemeinsame Rätseljagd löste bei ihr offensichtlich richtig gute Laune aus.

Doch auf das Klingeln tat sich nichts. Die Tür blieb zu.

»Vielleicht schläft sie ja noch«, stellte Linn nüchtern fest.

»Dann probieren wir's bei Gustav Graf. Der hat sein Büro direkt um die Ecke, hinterm Neumarkt.«

»Von mir aus.«

Anders als die Kunsthistorikerin war der Präsident des Galeristenverbandes anwesend und schien über den frühen Besuch auch gar nicht überrascht. Seine Sekretärin führte die beiden in ein riesiges Büro mit breiter Fensterfront und großem Besprechungstisch.

»Sie stehen zwar nicht in meinem Kalender, aber Sie haben Glück, ich habe ein paar Minuten Zeit – und mit zwei bezaubernden Damen rede ich natürlich immer gern«, flirtete er.

Linn blickte sich demonstrativ um. »Ach, kommen die auch noch?«

Gustav Graf räusperte sich. »Also, setzen Sie sich doch. Was verschafft mir das Vergnügen?«

Linn war klar, dass sich seine Bereitschaft, ihnen zu helfen, wohl eher nicht verbessern würde, wenn sie ihm die volle Wahrheit sagte.

»Wir waren gestern ebenfalls auf der Vernissage von Frau Krull.«

»Ah ja, darum sind Sie mir so bekannt vorgekommen. Ich erinnere mich. Sie standen beisammen, als ich Frau Krull begrüßt habe, nicht wahr? Kennen sie sich etwa näher?«

»Nein«, beeilte sich Linn mit der Antwort, die ihr noch nicht einmal gelogen vorkam. »Ehrlich gesagt, hat mich ihre Ähnlichkeit mit Angela Merkel so irritiert, dass ich sie ansprechen musste. Au!«

Bettina hatte Linn unter dem Tisch mit Schmackes ans Schienbein getreten.

»Ist etwas?«, fragte Graf verdutzt.

»Au ... Außerdem«, fuhr Linn fort, »haben wir mitbekommen, dass die *Kalte Sophie* gestohlen worden ist.«

»Und nun überlegen wir«, übernahm Bettina, »aus dieser Story einen Film zu machen.«

»Einen Film?«

»Ich arbeite als Regisseurin – und Frau Kegel ist eine bekannte Autorin.«

»Ach so. Und was möchten Sie nun von mir?«

»Wir kennen uns in der Kunstszene nicht wirklich aus und haben gehofft, dass Sie uns ein paar Grundlagen erklären könnten.«

»Grundlagen?« Graf schien sich geschmeichelt zu fühlen. »Na, dann fragen Sie mal.«

»Wir haben mitbekommen, dass Frau Krull bislang kein Mitglied in ihrem Verband ist. Was bedeutet das?«

»Was das bedeutet?« Linn war überrascht, wie schnell Gustav Graf von null auf hundert kam. Seine eng anliegenden Ohren wurden dunkelrot. »Das bedeutet, dass diese Frau die Regeln bricht! Das bedeutet, dass sie mir keinen Respekt entgegenbringt. Und das bedeutet im Gegenzug, dass ich ihr nicht helfen werde – was auch immer ihr passiert.«

»Und damit meinen Sie auch, wenn ihr – rein hypothetisch natürlich – ein Gemälde gestohlen wird?«

Der Glatzköpfige grinste fies.

»Exakt, die Damen! Das ist natürlich ein ganz böser Zufall. Aber ja, solche Zufälle gibt es manchmal.«

»Waren Sie denn noch da, als der Diebstahl passiert ist?«

Graf schüttelte den Kopf. »Ich war schon auf dem Weg zur Tür, als das Licht plötzlich ausging. Das war für mich und einige meiner Kunden das klare Zeichen, die Galerie endgültig zu verlassen. Ich meine, wenn noch nicht einmal verlässlich für Strom gesorgt ist, macht das nicht den besten Eindruck. Wir sind zusammen in die Weinbar nebenan gegangen. Erst als die Polizei kam, haben wir gehört, was passiert ist. C'est la vie.«

»C'est la guerre, c'est la Pech«, vervollständigte Bettina.

»Bitte?«

»Entschuldigen Sie, ein Zitat aus meinem Lieblingsfilm *Is' was, Doc?*«

Linn verdrehte die Augen.

»Und das Bild? Was sagen Sie als Kunstkenner dazu? Finden Sie es gut?«

Graf schien zu überlegen, nickte dann aber. »Ja, doch. Das Bild hat etwas. Vor allem natürlich durch seine Geschichte. Bramsche selbst, ich gebe es offen zu, gehört nicht zu meinen Lieblingskünstlern. Ich finde, seine Bilder haben etwas Verklemmtes. Das ist nicht so meins.« Er hätte an dieser Stelle normalerweise bestimmt einen anzüglichen Spruch gemacht, doch seine Augen trafen auf Linns und er räusperte sich.

»Die Person, die das Bild gestohlen hat, was könnte sie denn damit machen? Ich meine, kann man so was leicht verkaufen? Wenn ja, wie?«

Graf fuhr sich mit der Hand über die Glatze, dann griff er zum Telefonhörer. »Frau Diepenschläger, bringen Sie mir einen Kaffee, schwarz wie immer. – Für die Damen auch etwas?« Linn und Bettina schüttelten die Köpfe. »Zu Ihrer Frage: Sie wollen mir jetzt aber nicht das Bild zum Kauf anbieten, oder?«, spöttelte er. »Kleiner Scherz. Also rein hypothetisch: Da der Diebstahl bekannt ist, kann der Dieb das Bild nicht auf normalen Wegen verkaufen. Er müsste sich an einen Sammler wenden, einen Liebhaber. Oder er handelt direkt im Auftrag eines Sammlers. Dann verschwindet das Bild schlicht in einer Privatvilla und führt seine Geschichte fort wie in den letzten zweihundert Jahren. Es gilt dann wieder als verschollen, bis irgendein Erbe das Ding erneut auf dem Dachboden findet.« Er nippte am Kaffee. »Und jetzt möchte ich Sie bitten zu gehen. Mein nächster Kunde kommt.«

Linn und Bettina warfen sich einen Blick zu und standen auf. »Danke für Ihre Zeit. Falls wir den Film machen, werden wir Sie im Abspann nennen.«

»Da bin ich mir ganz sicher«, erwiderte Graf, begleitet von einem aalglatten Lächeln.

Wieder vor der Tür schüttelte Bettina den Kopf. »Igitt, ist der widerlich.«

»Das kannst du laut sagen.«

»Meinst du, die Weinbar ist nur ein Alibi und er hat jemanden für den Diebstahl engagiert? Er hat die Kontakte, um das Bild zu verkaufen. Für mich ist der ganz klar verdächtig.«

Linn zuckte mit den Schultern. »Ich traue ihm jederzeit zu, dass er Burgel einen Denkzettel verpassen wollte. Und er weiß ganz genau, was für sie auf dem Spiel steht.«

»Und jetzt?«

»Jetzt sollten wir es nochmal bei der Zwiesel versuchen. Vielleicht ist sie ja inzwischen aufgewacht oder vom Brötchenholen zurück.«

Bettinas Handy klingelte. »Heidenreich. ... Ach, Sie sind's ...

Ja, klar, die steht neben mir.« Sie reichte Linn das Handy. »Dein Verleger will dich sprechen.«

Linn zog eine Grimasse und hielt sich widerwillig das Handy ans Ohr. »Was ist denn jetzt schon wieder, Hartmann?«

»Warum ist Ihr Handy aus? Es war verdammt schwierig, an die Nummer Ihrer Freundin ranzukommen!«

»Und trotzdem haben Sie es geschafft. Was gibt es denn so Dringendes?«

»Sie sind enttarnt.«

»Verstehe ich nicht.«

»Eine Reporterin der *Trash n' Art*, diese Goligowski, ist Ihnen nach Osnabrück gefolgt und hat schon wieder zwei Artikel online gestellt. Einmal, dass Sie sich bei einer Schampus-Party vor dem Skandal verstecken – und gerade kam über den Ticker, dass Sie in einen Kunstraub verwickelt sind.«

»Das ist doch total albern. Wer glaubt denn so was? Das ist komplett absurd.«

»So komplett absurd scheint mir das nicht zu sein: Maggie-Venus Goligowski hat von der Party sogar ein Video ins Netz gestellt ...«

»Maggie-Venus heißt die? Wollen Sie mich verarschen? Welchen Stoff haben die Eltern denn geraucht?«

»Jetzt lenken Sie nicht ab! Sie sind jedenfalls auf dem Video deutlich zu erkennen. Mit Champagner und halb nackten Männern in Gold! Es gibt dazu sogar einen Hashtag in den Trends, irgendwas mit goldenen Kegelboys.«

Linn schüttelte amüsiert den Kopf. »Mein Gott, ich war auf einer Vernissage! Ich habe die Outfits der Hostessen nicht ausgesucht. Und überhaupt geht das niemanden etwas an, was ich privat mache.«

»Einige Menschen von der Presse sind da leider anderer Ansicht. Gerade eben rief mich so ein Schmierblatt an: Ich konnte die nur mit Müh und Not davon abhalten, aus der Veranstaltung eine Sexparty zu machen!«

»Eine Sexparty in einer Galerie mitten in Osnabrücks Innenstadt? Meine Fresse ... Warum schreiben die nicht über reale Probleme?«

»Und was ist das für ein Kunstraub, von dem die Goligowski schreibt? Übrigens mit einem völlig bekloppten Zitat von Ihnen! Sie schreibt auch, dass sie privat viel weniger gut aussehen als im Fernsehen. Haben Sie etwa mit der Presse gesprochen?«

»Mit Sicherheit nicht, ich bin ja nicht bescheuert – und mit so einer schon gar nicht! Während der Vernissage wurde ein Gemälde geklaut. Aber, haha, falls das Ihre Frage ist: Ich habe ein wasserdichtes Alibi. – Was ist das für ein Zitat von mir?«

»Ja, jetzt wird es dubios«, erwiderte Hartmann. »Ich lese Ihnen das mal vor. Die Zwischenüberschrift lautet *Zugedröhnte Autorin fürchtet der Presse.*«

»What?«

»Oh, es geht noch weiter. Darunter steht, ich zitiere: *Während des Diebstahls war auch Bestseller-Autorin Linn Kegel anwesend. Gefragt, ob ihr das keine Angst gemacht habe, antwortet diese: ›Angst macht mir nur die Presse. Wissen ist Macht und Frankreich ist Speck!‹ Die Autorin war vom Schampus und offenbar auch von Partydrogen komplett zugedröhnt.*

»Wie bitte?« Linn hätte sich fast verschluckt. »Das habe ich mit Sicherheit im Leben nicht gesagt. Frankreich ist Speck? Was soll das denn heißen?«

»Frankreich ist Speck?«, wiederholte Bettina. »Das steht in der Presse? Arbeiten die jetzt mit Autovervollständigung?«

Hartmann hatte immer noch Restzweifel. »Und Sie sind sicher, dass Sie keine Drogen genommen haben? Wenn doch, müssen Sie mir das jetzt sagen.«

»Verdammt, Hartmann, das müssten Sie langsam wirklich wissen. Ich nehme keine Drogen. Und gestern hatte ich auch nur zwei Gläser Champagner – den Rest habe ich mir über die Hose gekippt.«

Bettina griff sich beherzt das Handy. »Das stimmt! Frau Kegel war nass bis in den … egal. Und zudem kann ich bezeugen, dass sie in den letzten Stunden zu keiner Zeit Frankreich erwähnt hat. Und Speck auch nicht. Das sage ich auch vor Gericht aus!« Dann gab sie Linn mit einem stolzen Grinsen das Gerät zurück.

»Okay«, seufzte der Verleger. »Ich glaube Ihnen. Dann werde ich mich jetzt mal hochoffiziell bei der *Trash n' Art* beschweren. Es reicht. Fake-Geschichten und an den Haaren herbeigezogene Diskriminierungsvorwürfe sind schon schlimm genug – unsere Autorin aber dann auch noch falsch zu zitieren und ihr Drogenkonsum zu unterstellen, das geht zu weit. Damit greifen sie ganz bewusst ihre Intelligenz und Zurechnungsfähigkeit an. Hier muss eine Grenze sein. Diese sozialen Medien sind doch kein rechtsfreier Raum, wo man einfach irgendwelche Märchen erfinden kann! Nicht mit mir.«

»Gut, Hartmann, machen Sie das. Und falls Sie sich danach für ein paar Tage verstecken müssen: Das Haus von Bettinas Tante ist groß genug.«

Hartmann lachte bitter. »Das wäre ja noch schöner! Und Sie nehmen sich vor der Goligowski in Acht. Die wird Ihnen in Osnabrück bestimmt auf Schritt und Tritt folgen. Also machen Sie keinen Mist. Und kämmen Sie sich mal die Haare. Wenn jetzt dauernd Privatfotos von Ihnen auftauchen, kann das nicht schaden.«

»Sie sind ja nur neidisch, weil Sie nicht mehr so viele haben. Wenn Sie lieb zu mir sind, schenke ich Ihnen eines zum Geburtstag«, antwortete Linn und legte auf.

Sie blickte einen Moment starr vor sich hin und kratzte sich am Kinn. Dann reichte sie das Handy wieder an Bettina.

»Was ist denn los?«, fragte diese. »Du siehst aus, als hättest du einen Geist gesehen.«

»Einen Geist nicht, aber dafür eine Journalistin.«

»Hä? Wie das denn?«

Linn schüttelte den Kopf, es gab keine andere Erklärung. »Deine Katharina von heute Morgen … Sie hat uns heute gefragt, ob wir keine Angst hatten in der Galerie – und ich habe geantwortet, dass ich nur vor der Presse Angst habe. Und ich habe *Knowledge is Power* gesagt. Eine Stunde später steht beides als Zitat in einem Onlinemagazin.«

»Wie? Du meinst ...?«

»Gib mal bitte in deinem Handy *Maggie-Venus Goligowski* ein.«

»Dieser Name ist eine Beleidigung für jede Suchanfrage.«

»Jetzt mach einfach.«

Bettina tippte. »Sieh mal einer an. Das ist tatsächlich die Frau, die wir gestern vor meiner Wohnung und heute vor Burgels Haus getroffen haben. Diese platinblonden Haare und das magere Gesicht. Von wegen *letzte Premierenfeier!* Die hat uns voll verarscht.«

»Mann! Und ich dachte echt, du kennst die! Warum sprichst du denn mit Leuten, die du nicht kennst? Haben dir das deine Eltern nicht beigebracht?«

Bettina hob entschuldigend die Hände. »Mein Gott! Ich werde dieses Jahr fünfzig! Ich dachte halt, es kann schon sein, dass ich mich an eine Bekanntschaft einfach nicht mehr erinnern kann. Ich wollte nur nett sein.«

Linn stöhnte laut auf. »Sie wollte nett sein! Ich fasse es nicht ... Die unnetteste Frau im gesamten Universum wollte ein Mal nett sein – und das ausgerechnet zum Feind! Leute wie diese Maggie sind doch überhaupt der Grund, warum ich Köln verlassen musste.«

»Jaha, verstanden. Krieg dich wieder ein. Ich kann's nicht ändern.«

»Was ich nicht verstehe, ist dieser andere Satz. Wie kommt Sie denn darauf, dass ich *Frankreich ist Speck* gesagt haben könnte? Nuschel ich so?«

Bettinas Blick wurde starr. »Oh, mein Gott«, brach es aus ihr heraus. »Das darf nicht wahr sein ...!« Sie wurde plötzlich von einem heftigen Lachanfall geschüttelt. Tränen liefen über ihr Gesicht.

»Schön, dass du Spaß hast. Aber kannst du mir mal erklären, was so lustig ist?«

»Ohohohoh ...!« Bettina musste sich auf ein Mäuerchen setzen vor lauter Lachen. »Frankreich ... ist ... Speck!«, schüttelte es sie immer heftiger. »Kommst du nicht drauf? Frankreich ist Speck ...!« Die Barocke wischte sich mit einem Tempo die Tränen aus dem Gesicht. »Frankreich ist Speck, Linn! Vorhin vor dem Haus hast du gesagt: *Knowledge is Power, Francis Bacon.* Die dumme Nuss hat verstanden: *France is Bacon.* Sie hat nicht kapiert, dass *Knowledge is Power* ein Zitat von Francis Bacon ist. Sie hat beide Satzteile übersetzt.«

Linn ließ sich neben ihre Freundin auf das Mäuerchen fallen.

»Unser Schulsystem ist komplett am Arsch. Rufst du Hartmann an oder lässt du mich? Diese Info sollte er haben, wenn er gleich mit der Presse spricht.«

Bettinas Lachanfall ebbte ab, nur um wenige Augenblicke später wieder mit voller Kraft durchzubrechen.

»Was ist denn jetzt schon wieder?«

Bettina brauchte einige Augenblicke, bis sie wieder sprechen konnte. Geschüttelt von Lachsalven sagte sie: »Meinst du, sie hätte *Fotze* geschrieben, wenn du von Kant gesprochen hättest?«

»Dann hätte sie zumindest Englisch für Fortgeschrittene besucht.«

Mutter-Tochter-Gespräch

Das Teewasser kochte gerade, als Ulrike Kohlmeier hörte, wie die Haustür geöffnet wurde und jemand das Haus betrat. »Rita? Schatz, bist du das?«

»Jaha«, hörte sie ihre Tochter. Wann hatte sich die nur diesen latent genervten Ton angewöhnt? Und überhaupt fand sie, dass ihre Tochter ziemlich schlecht aussah. Sie hatte wieder abgenommen, die Wangenknochen traten deutlich hervor. So wie damals, als sie ihre erste Magersuchtphase hatte. Das war mit fünfzehn gewesen, vor elf Jahren.

»Ich mach mir gerade einen Tee. Möchtest du auch einen, Rita?«

Die Tür zur Küche wurde geöffnet. »Ja, aber hör endlich auf, mich Rita zu nennen«, sagte Maggie-Venus Goligowski. »Ich habe es dir schon oft genug gesagt.«

Sie ließ sich auf einen der Stühle am Küchentisch fallen und streckte die langen dünnen Beine aus. Ihre schicken Stiefel hatte sie anbehalten, einige kleine Kieselsteine hatten sich aus den Sohlen gelöst und fielen auf den Küchenboden.

»Aber du heißt nun mal Rita«, erwiderte Ulrike Kohlmeier lächelnd und stellte Tassen und Kanne auf den Tisch, zudem ein Schälchen mit gedörrten Aprikosen. Seit elf Jahren hatte sie immer Trockenobst im Haus. Das war damals der Einstieg in die Besserung gewesen.

»Ich heiße Margarita, das ist schon schlimm genug. Diesen

abgedrehten Roman von Bulgakow kennt kein Schwein mehr – und niemand kann das richtig schreiben! Diesen Namen aber auch noch in Rita abzukürzen, ist wirklich die Krönung. Warum habt ihr mich nicht direkt Rita genannt, wenn ihr so auf diesen Namen steht?«

Ulrike Kohlmeier streichelte ihrer Tochter über die Wange und sagte augenzwinkernd: »Weil du dich dann nicht in Maggie-Venus hättest verschlimmbessern können.«

»Pffff...!«, wehrte sich diese. »Maggie ist Margareth – und Venus verdanke ich ja wohl Dieter, das habe ich mir nicht selber ausgedacht.«

»Rita auch nicht. So ist das eben mit Namen. Man bekommt sie von den Eltern geschenkt.«

»Aber Rita war schon immer spießig. Alte Frauen heißen Rita. Oder Leute, die bei Lidl an der Kasse arbeiten.«

»Na, na, na! Was sind das denn für Töne. Und übrigens ist Venus auch eine alte Frau«, gab die Mutter spitzfindig zu bedenken. »Oder eher: eine alte Griechin. Der Name ist nun wirklich uralt. Aber Dieter wollte ihn unbedingt als zweiten Namen für dich. Ich wäre eher für Violetta gewesen. Egal. Für mich als deine Mama ist es jedenfalls ganz schön schwierig, mich nach sechsundzwanzig Jahren an einen anderen Namen zu gewöhnen. Aber wenn dir das wirklich wichtig ist, werde ich mir alle Mühe geben und dich von jetzt an Maggie nennen. Auch wenn ich bei dem Namen, ehrlich gesagt, immer an dieses Gewürz denken muss.«

Maggie-Venus schnaubte. »Mama! Du bist echt furchtbar. Das Gewürz heißt Maggi. Das spricht man mit einem A und keinem Ä.«

»Okay, okay.«

»Und wo wir schon dabei sind: Mein Nachname ist jetzt Goligowski.«

»Wie jetzt? Ist das dein Ernst? Warum das denn?«

In Maggie-Venus' Blick blitzte es wütend. »Du hast keinen

einzigen meiner Artikel gelesen! Keinen einzigen – dabei habe ich dir immer die Links geschickt. Sonst wüsstest du, dass ich mich schon seit fünf Monaten so nenne. Seit ich bei der *Trash n' Art* angefangen habe.«

»Ich habe immer alles gelesen, was du mir geschickt hast«, verteidigte sie sich. »Aber ich wäre nie auf die Idee gekommen, dass aus Rita Kohlmeier innerhalb weniger Wochen eine Maggie-Venus Goligowski werden könnte! Ich dachte, das sei eine Freundin von dir, die einen Namen hat wie ein polnischer Pornostar.«

»Mama!«, schrie die Tochter auf. »Wie kannst du so was sagen? Du nimmst mich überhaupt nicht ernst. Goligowski klingt wenigstens besonders, nicht so wie Kohlmeier.«

»Doch, ich nehme dich ernst. Darum sage ich dir ja, was ich davon halte.«

»Du sagst mir, dass du meinen Namen daneben findest. Und damit findest du auch mich daneben.«

»Das ist doch gar nicht wahr, mein Schatz. Ich bin nur manchmal erstaunt, wie wenig ich von dir weiß, seitdem du ausgezogen bist.«

»Du könntest ja einfach mal fragen!«

Der Vorwurf saß. Ulrike Kohlmeier fühlte den Stachel tief im Fleisch. Mindestens einmal in der Woche rief sie ihre Tochter an, fragte immer, wie es ihr geht, was sie macht. Fast jedes Mal erntete sie darauf nichts als Vorwürfe, sie würde sich einmischen, solle sich um ihr eigenes Leben kümmern. Ihren Namenswechsel hatte Rita ihr gegenüber kein einziges Mal erwähnt. War es wirklich so selbsterklärend, wenn sie ihr stattdessen Whatsapp-Nachrichten mit Links zu ihrem Boulevardmagazin schickte? Wann hatte Rita sich denn das letzte Mal von sich aus und einfach so gemeldet, ohne etwas zu wollen? Sie konnte sich nicht erinnern – und diese Erkenntnis versetzte ihr einen erneuten Stich. Und Dieter? Der tat überhaupt nichts für die Beziehung zu seiner Tochter. Aber ihm nahm sie das aus nicht nachvollziehbaren Gründen nicht übel.

»Wo kommst du überhaupt her?«, entschied sich Ulrike Kohlmeier zum Themenwechsel. »Ich dachte, du schläfst noch. Hast du schon gefrühstückt?«

Erneut spürte sie Aggression in der Reaktion ihrer Tochter. »Ich hatte einen Recherchetermin, und ja, ich habe in der Stadt gefrühstückt.«

Das war gelogen, da war sich Ulrike Kohlmeier sicher. Wahrscheinlich hatte sie – wenn es hochkam! – nur einen dieser Abnehmshakes getrunken, die sich die magersüchtigen Mädchen im Internet gegenseitig empfahlen. Was für ein Skandal, dass irgendeine Firma mit diesen kranken Kindern auch noch das Riesengeschäft machte. Doch Rita-Maggie warf schon den nächsten Vorwurf in den Raum: »Und fang nicht schon wieder mit dem Thema an! Ich kann es nicht mehr hören.«

Ulrike Kohlmeier rührte in ihrer Teetasse, bis sich der Süßstoff aufgelöst hatte. Sie war selbst als Jugendliche an einer Magersucht vorbeigeschrammt. Bei ihr war es der Sport gewesen, der sie gerettet hatte. Eigentlich ihre Trainerin, die sie eines Tages zur Seite genommen und ihr erklärt hatte, dass man hungrig keinen Spitzensport betreiben konnte. Wenn sie einen leistungsfähigen Körper haben wollte, müsste sie ihm auch den nötigen Kraftstoff geben. Bei ihr hatte es damals Klick gemacht. Dass sie mit ansehen musste, dass ausgerechnet ihre Tochter immer dünner wurde, zerriss ihr das Herz.

»Das ist nicht irgendein Thema, Ri… äh Maggie. Essen ist ein ganz zentrales Thema. Mehr als zehn Prozent der Weltbevölkerung leidet an Hunger – und hier bei uns wird in jeder normalen Familie jeden Tag übers Essen geredet! Man plant es gemeinsam, man isst gemeinsam. Es gehört zum Alltag dazu.«

»Wir sind aber offensichtlich keine normale Familie«, platzte es aus Rita-Maggie heraus.

»Nicht? Warum denn nicht?«

»Vergiss es. Du raffst es einfach nicht.«

Schon wieder ein Vorwurf, der sie wie ein Messer traf. Sie

bemühte sich, ruhig zu bleiben, trank einen Schluck Tee. »Dann sag du, worüber du gern sprechen möchtest.«

Maggie sah sie perplex an. »Ich weiß nicht«, sagte sie zögernd. »Ich bin an einer großen Geschichte dran, die megagut läuft. Ich habe gerade wieder einen Artikel abgeschickt. Aber das wird dich nicht interessieren.« Ein Vorwurf, hart wie eine Ohrfeige. »Mein Chef findet mich super und wird mich bald befördern. Aber das kannst du nicht nachvollziehen, du hast ja nie so viel gearbeitet.« Ein Schlag in die Magengrube. »Und hier? Gibt's was Neues, außer dass Dieter wieder mal vortäuscht, eine Diät zu machen, währenddem sein supergeheimer unterer Küchenschrank das reinste Fressparadies ist? Ich war eine halbe Stunde hier und mir war das bereits klar – während du nichts blickst.« Kinnhaken. »Du lebst dein langweiliges Bürgermeister-Gattinnen-Leben in der Provinz!« Noch eine Ohrfeige. »Spielst Tennis und machst wahrscheinlich inzwischen auch noch Makramee.« Es zog ihr die Füße weg. »Dein Leben ist so langweilig, dass ich einschlafe, wenn ich es mir nur vorstelle. Du hast nichts, gar nichts erreicht.« Ulrike Kohlmeier lag innerlich längst am Boden und ihre Tochter trat weiter auf sie ein.

Sie stand vom Küchentisch auf und stellte ihre Tasse in die Spüle. Ihre Hände zitterten. Ihr ganzer Körper zitterte.

Zorn. Sie spürte Zorn.

Wie konnte ihre eigene Tochter es wagen, so mit ihr zu sprechen? Ihre Tochter, für die sie alles getan hatte. Für die sie ihre Karriere geopfert hatte, für die sie da war – gerne da war! Die sie zum Klavier- und Sportunterricht gefahren hatte, die sie getröstet hatte beim ersten Liebeskummer und den vielen, die folgten. Deren Hand sie gehalten hatte, als sie in der Klinik war. Und für die sie bis gestern immer noch bereit gewesen wäre, mit ihrem persönlichen Glück zurückzustehen.

Zorn. Nichts als Zorn.

Abrupt drehte sie sich zu ihr um. Sie spürte, wie die Adern an ihrer Stirn und ihrem Hals pochten. Sie hörte ihr Blut rauschen.

»Du hast doch überhaupt keine Ahnung, wer ich bin!«, warf sie ihrer Tochter an den Kopf. »Denkst du denn, ich hatte kein Leben ohne dich? Denkst du denn, ich sitze den ganzen Tag zu Hause und versauere? Denkst du wirklich, ich weiß nicht ganz genau, dass dein Vater eine Essstörung hat – genau wie du?«

Maggie erstarrte. So hatte sie ihre Mutter offensichtlich noch nie reden gehört.

Ulrike Kohlmeier bückte sich und öffnete den hintersten unteren Küchenschrank. »Denkst du wirklich, ich kenne dieses Versteck nicht?« Sie griff wahllos hinein und schmetterte Chipstüten in die Luft, die beim Aufprall platzten und ihren Inhalt über den Küchenboden verstreuten. »Dieses Versteck gibt es seit fast dreißig Jahren! Seit dreißig Jahren gibt dein Vater mal mehr, mal weniger vor, eine Diät zu machen – und schiebt den Grund immer auf mich! Inzwischen glaubt er selber, dass ich ihn zu einer Diät zwinge, was nie, *niemals* der Fall war. Aber die ganze Welt glaubt es, ja sogar du, wo du doch diese ganzen Ausreden nur zu gut kennst – nur andersherum. Du versuchst zu verbergen, dass du nichts isst – und dein Vater, dass er nichts anders macht als zu essen. Ihr seid beide krank! Und weißt du was?«

»Mama ...«, versuchte Maggie sie zu besänftigen, doch es war zu spät.

»Ihr beide versucht immer wieder, mir die Schuld für eure Probleme zu geben. Aber ich ziehe mir den Schuh nicht länger an. Ich gehöre nicht zu eurem Inventar! In all den Jahren hast du mich nie gefragt, wie es mir eigentlich geht, was mich interessiert, was ich tue. Nie! Stattdessen wirfst du mir mein Leben vor – von dem du nichts weißt! Aber weißt du was? Mein Leben ist viel mehr, als du denkst! Ich bin seit zehn Jahren im Bezirksvorstand. Diese Anlaufstelle für die Ukrainerinnen in der Stadt habe ich gegründet und gerade bauen wir eine neue Kindertagesstätte, weil die Stadt das nicht auf die Reihe kriegt. Ich habe seit fünf Jahren eine Beziehung, die mich glücklich macht und die ich trotzdem vor der ganzen Welt geheim halte, weil ich dumme Kuh denke, es könnte euch verletzen! Aber damit ist jetzt Schluss. Macht doch, was ihr wollt! Und wenn du dich zu Tode hungerst und dein Vater sich zu Tode frisst, sei es drum. Ich verlasse euch nämlich. Ich habe es satt. Zumindest eine in diesem Haushalt ist einfach mal satt!«

»Das war doch alles gar nicht böse gemeint«, stammelte ihre Tochter.

»Dann will ich nicht wissen, wie es klingt, wenn du etwas böse meinst.«

»Mama ... Und du hast eine Beziehung? Kenne ich ihn?«

»Das spielt hier keine Rolle. Du hast dich vorher nicht für mich interessiert, also brauchst du jetzt auch kein Interesse zu heucheln.«

»Aber du kannst Dieter ... du kannst Papa doch nicht einfach so im Stich lassen.«

Ulrike Kohlmeier trat vor ihre Tochter. Sie war nun wieder ganz ruhig. »Du, Maggie-Venus Goligowski oder wie du auch immer heißt, machst allen um dich herum die ganze Zeit nur Vorwürfe. Wahrscheinlich merkst du das noch nicht einmal mehr oder brauchst diese Eigenschaft für deinen Boulevardmüll, den euer Blatt da produziert. Aber es macht dich nicht zu einem liebenswerten Menschen. Und jetzt solltest du deine Sachen in dein schickes Auto schmeißen und zurück nach Köln fahren.«

Grüner Brink

Nach dem Intermezzo vor Gustav Grafs Büro liefen Bettina und Linn zurück zum Grünen Brink und drückten erneut bei der Nummer 11 auf die Klingel. Und dann nochmals. Doch nichts geschah.

»He, Sie!«, rief eine gepresste Stimme. »Ja, Sie beide da meine ich, die große Lange und die große Breite.«

»Charmant«, sagte Bettina und drehte sich der Stimme zu. »Und wer sind Sie?«

»Wrangel, Heidrun«, sagte die alte Frau am Fenster der Erdgeschosswohnung. Sie sah aus, als sei sie mindestens neunzig Jahre alt. »Sie waren doch vorhin schon mal hier, nicht wahr? Wollen Sie zu der Frau Doktor Zwiesel?«

»Ja, da wollen wir hin. Kennen Sie die?«, erwiderte Linn.

»Oh ja«, antwortete die runzlige Alte. »Ich kenne alle in diesem Haus. Ich wohne schon ein paar Jahrzehnte hier.«

Und davon verbringen Sie wahrscheinlich einen großen Teil am Fenster, dachte Linn.

»Die Frau Doktor wohnt ja erst seit einem Jahr am Grünen Brink, direkt in der Wohnung über mir. Eine sehr nette Frau. Und im Gegensatz zu ihrem Vormieter ganz ruhig. Der war ja nicht auszuhalten. Regelmäßig kam der erst nachts um eins nach Hause und polterte dann durch seine Wohnung. So etwas gab es bei der Frau Doktor nie. Darum hat es mich überrascht, dass heute Nacht so ein Lärm bei ihr war.«

Spätestens jetzt war Linn hellwach. »Lärm? Wann?«

»Ungefähr gegen drei. Es polterte plötzlich ganz schrecklich, ich hörte Stimmen und sogar einen Schrei. Und dann war es wieder still. Und als ich heute früh meine Wohnungstür geöffnet habe, um die Zeitung reinzuholen, läuft mir die Katze von der Frau Doktor entgegen. Das ist noch nie vorgekommen. Jetzt sitzt sie bei mir in der Küche und frisst den Rest vom Gulasch. Vielleicht ist der Frau Doktor etwas passiert!«

»Haben Sie denn oben nicht nachgeschaut?«

Die Alte verzog das faltige Gesicht. »Was denken Sie eigentlich, warum ich im Erdgeschoss wohne? Meinen Sie, ich mache das, weil die Wohnungen hier unten so schön sonnig sind, oder weil ich zu faul zum Treppensteigen bin, oder was? Ich sitze im Rollstuhl! Mal eben oben nachschauen, is' nich'. Aber ich kann Sie reinlassen und Sie erledigen das für mich.«

Linn und Bettina nickten synchron. »Einverstanden.«

Heidrun Wrangel verschwand vom Fenster. Einige Sekunden darauf wurde der Türöffner betätigt.

»Hier, nehmen Sie den mit. Den hat die Frau Doktor bei mir deponiert, falls sie ihren mal verliert. Alleinstehende Frauen müssen ja zusammenhalten«, sagte die alte Frau und drückte Linn einen Wohnungsschlüssel in die Hand.

Linn und Bettina stiegen die Stufen hoch.

»Denkst du nicht, wir sollten der Polizei Bescheid geben, bevor wir in die Wohnung einbrechen?«, fragte die Barocke.

»Ach, jetzt plötzlich wird es dir wohl zu spannend, oder wie soll ich das verstehen?«

Bettina zuckte ratlos mit den Schultern.

»Also erstens brechen wir hier nicht ein, wir haben einen Schlüssel. Und zweitens tun wir lediglich einer Frau einen Gefallen, die sich Sorgen um ihre Nachbarin macht. Ansonsten gibt es keine Anhaltspunkte, dass hier wirklich etwas passiert ist, das die Polizei interessieren könnte. Vielleicht hat die Zwiesel einfach nur sehr laut ferngesehen.«

»Wenn du meinst ...«

Linn klopfte zur Sicherheit nochmals an die Wohnungstür, doch als sich immer noch nichts rührte, schloss sie auf und trat ein. Schon im Flur herrschte Chaos. Jacken und Mäntel lagen kreuz und quer herum.

»Keine voreiligen Schlüsse«, sagte Linn. »Wir wissen nicht, wie ordentlich Paula Zwiesel ist. Das kann auch völlig normal sein.«

»Das glaubst du ja wohl selber nicht«, gab Bettina zurück. »Noch nicht mal bei dir sieht es so aus – und du bist der unordentlichste Mensch, den ich kenne. Aber gut, lass uns weitergehen.«

Im Schlafzimmer sah das Bett aus, als hätte hier gerade noch jemand geschlafen. Der Schrank jedoch stand offen und mehrere Schubladen waren herausgezerrt. Ein noch wilderes Bild bot das Wohnzimmer, das offenkundig gleichzeitig Zwiesels Büro war: Hier lag alles drunter und drüber. Bücher waren aus den Regalen gerissen, lose Blätter lagen auf dem Boden verstreut. Der Bürostuhl lag umgekippt auf dem Boden.

»Shit, wie sieht es denn hier aus? Das schaffe ich noch nicht einmal in den Tagen vor der Manuskriptabgabe«, murmelte Linn und versuchte, sich einen Überblick über das Chaos zu verschaffen. Hier hatte doch eindeutig jemand nach etwas gesucht – aber wonach?

Auf dem Schreibtisch lagen stapelweise Bücher, darunter auch zwei von Zwiesel selbst, ein Sachbuch über Malerinnen des 18. Jahrhunderts und eines über Selbstporträts. Der Laptop hingegen lag unangetastet daneben.

»Was auch immer hier gesucht wurde, es scheint keine Datei gewesen zu sein«, sinnierte Linn. »Wahrscheinlich doch eher die *Kalte Sophie*, wenn du mich fragst.«

»Du glaubst also nicht mehr, dass Paula Zwiesel einfach zu den unordentlicheren Menschen gehört?«

»Nein«, antwortete Linn leise, »ich glaube, dass jetzt der

Zeitpunkt ist, wo wir die Polizei anrufen sollten.« Stumm wies sie mit dem Kopf auf den Türrahmen, an dem sich eine blutige Hand versucht hatte, festzukrallen.

»Ich fürchte, die Frau Doktor steckt in Schwierigkeiten. Huere siech.«

Sie

Sie schreckte auf. Jemand kam die Kellertreppe herunter. Sie musste im Sitzen eingeschlafen sein. Ihr Herz klopfte so schnell, dass sie sofort hellwach war. Sie griff nach dem Sack Kartoffeln und richtete sich hinter der Tür auf. Sobald er sie öffnen würde und in den Türrahmen trat, musste sie mit aller Kraft zuschlagen – und dann so schnell es ging aus dem Keller raus.

Sie hörte ihn im Flur fröhlich vor sich hin pfeifen. Hörte, wie sich der Schlüssel drehte, hörte das leichte Ächzen in den Angeln der schweren Tür, als sie sich öffnete.

»Was …?«, hörte sie ihn nach Luft schnappen, als er feststellte, dass sie nicht mehr gefesselt auf der Pritsche lag. Sie holte Schwung und versuchte, den Sack mit den Kartoffeln, so heftig sie nur konnte, gegen ihn zu donnern. Allerdings traf sie ihn nicht am Kopf, wie sie gehofft hatte, sondern nur gegen die Brust. Durch die Wucht taumelte er und fiel hin, doch er war weder verletzt noch bewusstlos. Im Gegenteil: Aus feindseligen Augenschlitzen sah er sie an.

Um aus dem Kellerraum zu fliehen, musste sie über ihn steigen. Sie bewegte sich, so schnell sie konnte. Fast hatte sie es geschafft, sie hatte bereits den Türrahmen erreicht, als er mit beiden Händen nach ihrem Rock griff. Heftig zerrte er sie zurück.

Sie schrie, trat mit ihrem Fuß gegen seine Genitalien. Auch er schrie, fluchte, griff wieder nach ihr. Diesmal gelang es ihm, sie von der Tür wegzuziehen und gegen die Wand zu schleudern. Sie stürzte rücklings über die Äpfel und stieß mit Rücken und Hinterkopf unsanft gegen die Mauer. Mühsam rappelte sie sich hoch, nahm verzweifelt Anlauf für einen erneuten Versuch. Doch da hatte er die Tür bereits von innen zugezogen und den Schlüssel im Schloss umgedreht.

»Wo wollen wir denn hin, Kalte Sophie?«, raunte er ihr zu und leckte sich über die Lippen.

Sie schrie auf wie ein gefangenes Tier.

Letzte Wünsche

Sedna Zimmermann war bereits seit über einer Stunde bei der Arbeit, als Bürgermeister Dieter Kohlmeier gegen neun Uhr sein Büro im Rathaus betrat. Sie war die Vorbereitungen für den Tag nochmals durchgegangen, hatte die Mails auf den aktuellen Stand gebracht, die Unterschriftenmappe vervollständigt und machte sich nun daran, die Einladung für den nächsten Bürgertalk zu formulieren.

Büroleiterin. Auf diese Bezeichnung legte sie wert, auch wenn ihrem Chef immer wieder der längst obsolete und auch ein wenig abschätzige Begriff *Sekretärin* herausrutschte.

»Wenn schon, dann Generalsekretärin«, erwiderte sie in solchen Situationen. Doch sie machte sich wenig Hoffnungen, dass Dieter Kohlmeier sich mit zunehmendem Alter noch ändern würde.

Früher, ja früher, da wurden die Frauen, die einen Job wie sie machten, vielleicht Sekretärin genannt. Sie wurden schlecht bezahlt und nicht für voll genommen. Die Zeiten waren jedoch mehr und mehr vorbei. Ohne Leute wie sie lief gar nichts. Sie managte ihren Chef. Sie bereitete seine Termine vor und nach, schickte ihn zur richtigen Uhrzeit an die richtige Stelle, übernahm in seinem Namen die Korrespondenzen und war, im Gegensatz zu ihm, auch noch stets telefonisch erreichbar. Immer perfekt organisiert, hatte sie alles im Griff. Eigentlich erledigte sie in weiten Teilen den Job ihres Chefs gleich mit.

Für Kohlmeier arbeitete sie, seitdem er vor ein paar Jahren Bürgermeister geworden war. Sie war schon die Büroleiterin seines Vorgängers gewesen, der sich in den Ruhestand verabschiedet hatte. Trotz der unterschiedlichen Parteibuchfarben hatte Kohlmeier keinerlei Probleme darin gesehen, sie weiter zu beschäftigen. Das rechnete sie ihm bis heute hoch an. Andere wären hier pingeliger gewesen. Auch wenn sie überhaupt keiner Partei angehörte.

Kohlmeier hingegen war der Meinung, er könne nur davon profitieren, wenn zumindest seine Sekretärin wusste, wie das Geschäft funktionierte – er hatte tatsächlich diesen Begriff verwendet. Sie erinnerte sich noch, wie sie ihn strafend angesehen und sich zu ihrer vollen Größe aufgerichtet hatte. Mit ihren 1,85 m überragte sie ihn locker um mehr als zehn Zentimeter. Am nächsten Tag hatte er ihr eine Schachtel Pralinen auf den Schreibtisch gelegt. Im Lauf der Zeit waren zig Blumensträuße dazugekommen. Aber völlig ausgetrieben hatte sie es ihm bis heute nicht. Vielleicht war es inzwischen für ihn auch so etwas wie ein teures Hobby geworden. Als Bürgermeister konnte er es sich ja leisten. Zumindest finanziell.

Kohlmeier gehörte zu den Quereinsteigern im Politbetrieb. Bis zu seiner Wahl hatte er als Lehrer am Gymnasium gearbeitet. Sollte er die Wahl im kommenden Jahr verlieren, würde er jedoch kaum mehr dorthin zurückkehren, sondern direkt in den Vorruhestand wechseln. Sedna Zimmermann hatte den Eindruck, dass ihn diese Aussicht nicht wirklich schreckte. Ihr Chef war kein initiativer Mensch. Er strahlte eine gewisse Trägheit aus, die in der Bevölkerung gut ankam – wahrscheinlich, weil sie mit Beständigkeit verwechselt wurde.

»Guten Morgen, liebe Frau Zimmermann«, rief der Bürgermeister, als er ihr Büro betrat, um sie mit Handschlag zu begrüßen und dann in sein Büro zu gehen, das unmittelbar neben ihrem lag. Das tat er jeden Morgen und mit allen Beschäftigten im Rathaus, die ihm begegneten: Er begrüßte alle mit Handschlag. Alte Schule. Er war ja auch ein alter Lehrer.

»Was liegt denn heute an?«

Ihr fiel sofort auf, wie schlecht er aussah. Sein Gesicht war puterrot. Obwohl es draußen für die Jahreszeit außergewöhnlich kühl war, schwitzte er, er hatte sich sogar die Krawatte gelockert und den oberen Knopf seines Hemdes geöffnet. Er war deutlich kurzatmig.

»Geht es Ihnen nicht gut, Herr Kohlmeier?«, fragte sie und war von ihrem Platz aufgesprungen. »Wollen Sie sich setzen?« Trotz ihrer engen Zusammenarbeit duzten sie sich nicht, und sie war insgeheim froh darüber. Sie schätzte die professionelle Distanz.

»Nein, nein. Mir geht's gut, ganz bestimmt. Wahrscheinlich nur die Nachwirkungen dieser schrecklichen Vernissage gestern. Haben Sie davon gehört? Da wurde während der Veranstaltung ein Bild geklaut. Das war ein Schock. Ich bin immer noch ganz durcheinander.«

»Und deshalb sind Sie außer Atem?«, fragte die Büroleiterin skeptisch. »Haben Sie etwa das Bild gestohlen und gerade im Wald vergraben?«

Der Bürgermeister wollte wohl über den Witz lachen, doch ihm blieb für einen Augenblick die Luft weg.

»Vielleicht sind das doch die Folgen der Diät, die mir meine Frau verordnet hat.« Er stützte sich auf ihrem Schreibtisch ab. »Könnten Sie mir ausnahmsweise eine Cola bringen? Ich glaube, es ist der Kreislauf.«

Sedna Zimmermann hatte genügend Folgen *Dr. House* und *Grey's Anatomy* gesehen, um zu wissen, dass das Unsinn war. »Sie legen sich jetzt sofort auf das Sofa, Herr Kohlmeier. Keine Widerrede – ich hole Hilfe.«

»Sie übertreiben schon wieder«, erwiderte er. Doch seiner Stimme fehlte jede Überzeugung. »Aber einmal Ausstrecken ist bestimmt nicht verkehrt. Ich leg mich in meinem Büro kurz auf die Couch. Ich habe so ein Stechen im Bauch, das zieht hoch bis zur Schulter.«

Sedna Zimmermann war alarmiert. »Verdammt, Herr Kohlmeier, das klingt eher nach einem Herzinfarkt als nach Kreislauf. Ich rufe einen Krankenwagen. Und Sie legen sich sofort hin.«

Der Bürgermeister tat, wie ihm befohlen. Als sie eine Minute später zu ihm zurückkam, sah er trotz seiner Körpermasse kläglich aus.

Er griff nach ihrem Unterarm. »Meinen Sie, das war's jetzt? Muss ich jetzt sterben?«

Zimmermann tätschelte seine Hand. »Das will ich nicht hoffen, Herr Kohlmeier. Sollen wir Ihre Frau anrufen?«

»Wenn ich jetzt sterbe, dann bin ich selbst schuld«, stöhnte er.

»Sie werden nicht sterben«, versuchte sie ihn zu beruhigen. »Sie sind doch ein Kerl wie ein Baum. Ich rufe Ihre Frau an und sag ihr Bescheid.«

»Sagen Sie ihr auch, dass es mir leidtut.«

»Was tut Ihnen leid?«

Kohlmeier biss auf seiner Unterlippe herum. »Ich habe sie die ganze Zeit belogen. Das tut mir sehr leid. Das hat sie nicht verdient. Etwas Besseres als sie konnte mir gar nicht passieren. Sie hat mich immer unterstützt.«

»Machen Sie sich keine Gedanken, Herr Kohlmeier, der Rettungswagen ist bestimmt gleich da. Sie werden wieder gesund.«

»Sagen Sie ihr, dass ich sie lieb habe. Und dass es mir leidtut, dass ich nie Danke gesagt habe.« Seine Stimme klang noch gequälter.

Sedna Zimmermann blickte überrascht auf ihren Chef. Solche Töne hatte sie von ihm noch nie gehört.

»Und sagen Sie ihr, dass ich mich revanchiere, wenn ich das hier überlebe. Ich werde sie unterstützen. Bei was auch immer sie will.«

»Das werde ich ihr ausrichten.«

Zwischenspiel

Die beiden Polizisten hatten sich die ganze Geschichte aufmerksam angehört und Linn und Bettina daraufhin versichert, dass sie alles daransetzen würden, Paula Zwiesel zu finden. Die Spurensicherung würde sich die ganze Wohnung genau ansehen. Auch dem Verdacht, Zwiesels Verschwinden habe mit dem Kunstraub zu tun, wollten sie nachgehen. Jedoch nicht nur diesem, denn: Eine Untersuchung direkt schon am Anfang auf nur einen Aspekt zu verengen, sei ein typischer Laienfehler, hatte der ältere der beiden Polizisten gemeint und väterlich gelächelt, als Linn darauf drängte, die Gäste der Galerieeröffnung unter die Lupe zu nehmen.

Dann waren sie entlassen.

»Was denkst du?«, fragte Bettina, als sie wieder vor der Tür zum Grünen Brink standen.

»Mir kommt das alles sehr komisch vor.«

»Dann sind wir schon zwei.«

Linn lehnte sich ratlos gegen die Hauswand. »Lass uns nochmals zusammenfassen, was wir wissen. In einer Galerie wird ein bis dahin unbekanntes Bild eines Künstlers gezeigt. Im Publikum ist *der* Experte für diesen Maler, der sich gegenüber der Wissenschaftlerin, die den Vortrag hält, lautstark bemerkbar macht, sodass sie einmal sogar ihren Vortrag unterbricht. Kurze Zeit darauf ist das Bild weg – und am nächsten Morgen auch noch die Wissenschaftlerin. Dafür veröffentlicht der Experte einen Artikel, in dem er vorgibt, dass das Bild eine Fälschung ist. Das ist doch alles sehr seltsam.«

»Und nun?«

Linn kniff die Augen zusammen. »Dass Zwiesel heute Nacht überfallen worden ist, kann eigentlich nur bedeuten, dass sie es war, die das Bild gestern gestohlen hat. Ich kann mir nur nicht erklären, weshalb. Und wer auch immer Paula Zwiesel überfallen hat, hat jetzt auch die *Kalte Sophie*. Ich glaube, wir sollten dem alten Professor doch einen Besuch abstatten. Schade, da er gestern mit dem Zug angereist ist, wohnt er offenbar nicht in der Gegend.«

Auf Bettinas großflächigem Gesicht erschien ein breites Grinsen. »Typischer Laienfehler!«

»Wie bitte?«, fragte Linn irritiert.

»Du machst einen typischen Laienfehler: Du machst eine Schlussfolgerung aus einem einzigen Fakt. Wenn du aber den Fakt falsch interpretierst, bist du auf dem Holzweg.«

»Kannst du mal bitte verständlich mit mir sprechen? Wenn ich einen solchen Satz in einem Buch schreiben würde, bekäme ich richtig Ärger mit dem Lektorat. Weniger Philosophieproseminar, mehr Inhalt!«

»Ganz einfach: Malinckrodt wohnt sehr wohl in Osnabrück. Und zwar am Westerberg, nur ein paar Straßen von Burgel entfernt. Warum der gestern auch in unserem Zug war? Vielleicht kam er von einer Tagung oder er hat seinen Zahnarzt in Dortmund. Spielt auch keine Rolle. Er wohnt jedenfalls seit Jahren in Osnabrück.«

»Und woher weißt du das?«

»Wenn du dein Handy nicht immer ausschalten, sondern auch mal Tante Internet nutzen würdest, wüsstest du es.«

»Manchmal will ich zurück ins 20. Jahrhundert.«

Out of Office

Maggie-Venus Goligowski saß zitternd im Auto. Ihr Herz schlug bis zum Hals, in dem sie einen großen Kloß spürte. Ihr war furchtbar kalt, obwohl sie die Sitzheizung eingeschaltet hatte.

Was war nur in ihre Mutter gefahren, dass sie ihr eigenes Kind so zur Schnecke machen musste? Nichts, überhaupt gar nichts hatte sie ihr jemals recht machen können. Sie war nicht klug genug, sie war nicht schön genug, sie war nicht sportlich genug. Das hatte sie schon mit fünfzehn verstanden. Und jetzt hatte ihre Mutter sie auch noch aus ihrem Elternhaus geschmissen! Ja, gut, einige Vorwürfe, die sie ihrer Mutter gemacht hatte, hätte sie sich sparen können. Oder zumindest anders formulieren. Aber sie hatte sich plötzlich nicht mehr bremsen können. Es hatte sich so viel angestaut. Das musste ihre Mutter doch verstehen, das war doch die Aufgabe von Müttern! Sie hätte sich gewünscht, dass ihre Mutter sie in den Arm nimmt und sich bei ihr entschuldigt. Und sie hätte ihr doch auch vergeben. Oder? Hätte sie das?

Auch wenn sich Maggie eine solche Versöhnung gewünscht hätte, wusste sie im Innern doch, dass es nicht gereicht hätte. Ihr Groll saß zu tief. Auch wenn sie nicht erklären konnte, warum und woher er eigentlich kam. Das hatte sie schon damals in der Therapie nicht gekonnt. Im Grunde liebte sie ihre Mutter ja. Ihre Therapeutin hatte es bei ihrem letzten Gespräch so zusammengefasst, dass sie ihre Mutter so liebte wie Dinge, die einfach da waren. Kopfkissen zum Beispiel. Oder Einlegesohlen. Daran musste sie nun wieder denken.

Aber unfair zu ihrer Mutter war sie nicht gewesen, sie nicht! Umgekehrt wird ein Schuh draus: Ihre Mutter hatte ihr ja schließlich triumphierend vor den Kopf geknallt, dass sie seit fünf Jahren eine Beziehung hatte – und Maggie nicht. Dass sie, die großartige Ulrike Kohlmeier, liebenswert war – und Maggie nicht. Gab es etwas Schlimmeres, das eine Mutter zu ihrem Kind sagen konnte?

Ihre Augen füllten sich mit Tränen. Auch das noch. Ihr Mascara war nicht wasserfest. Wenn sie jetzt losheulte, würde sie gleich aussehen wie ein Zebra.

Sie griff nach ihrem Smartphone, um ihren Vater anzurufen. Dieter musste sich entscheiden: Ulrike oder sie!

Just in dem Moment klingelte es. Auf dem Display erschien die Nummer von Martin.

»Contenance, Maggie-Venus«, feuerte sie sich an. »Vor der Chefredaktion wird nicht rumgeheult. Schon gar nicht, wenn sie dir wahrscheinlich eine Beförderung anbieten wollen.«

Sie drückte auf den grünen Hörer und meldete sich gewohnt kurzangebunden.

»Ja, Martin, was ist los?«

Am anderen Ende hörte sie, wie ihr Chef tief einatmete. »Ich habe gerade einen Anruf von Linn Kegels Verleger bekommen. Er sagt, die Kegel bestreitet vehement, gestern Abend mit dir gesprochen zu haben. Zudem habe sie den Satz *Frankreich ist Speck* noch nie gesagt.«

»Doch, doch«, beteuerte Maggie im Brustton der Überzeugung. »Das hat sie so gesagt.«

»Frankreich ist Speck? Sag mal, Maggie, tickst du noch ganz sauber? Das glaubst du doch wohl selber nicht.«

»Na ja, sie hat es auf Englisch gesagt.«

»Gar nichts hat sie, du dumme Nuss! Linn Kegel hat Francis Bacon zitiert. Sir Francis Bacon, verstehst du? 1561 bis 1626. Wo hast du eigentlich deinen Schulabschluss gemacht?«

Maggie-Venus fühlte, wie eine Panikwelle in ihr hochstieg. »Das weißt du doch …«

»Das war eine rhetorische Frage, du Dumpfbacke! Einen solchen Fehler hat es bei der *Trash n' Art* noch nie gegeben, noch nie! Das ist unterste Schublade und hat mit Boulevardjournalismus überhaupt nichts zu tun!«

Sie versuchte, einen Vorschlag zu machen. »Nimm die Zitate doch einfach raus. Ich schicke dir eine Paraphrase, die das Ganze nur andeutet, dann sind wir wieder safe. Die Geschichte läuft doch super. Kein Grund, sich aufzuregen.«

Wieder hörte sie, wie Martin Luft holte. »Wir haben nicht nur die Zitate rausgenommen, Maggie. Ich habe mich mit Jo Hartmann vom Verlag darauf verständigt, dass wir alle Artikel zu der Geschichte vom Netz nehmen.«

»Alle? Wieso das denn?«

»Du schnallst es echt nicht, Maggie, nicht wahr? Weil Hartmann uns sonst auf Unterlassung verklagt – und dank deinem saublöden Fehler kann er auch noch nachweisen, dass es dir bei der Geschichte einzig darum geht, gegen die Kegel zu hetzen. Du hast dich bei deinem Gespräch mit ihr noch nicht mal als Journalistin vorgestellt – und dann legst du ihr auch noch offenkundigen Nonsens in den Mund, den du im Artikel für eine weitere Verdächtigung nutzt. Das Gericht würde Kegel sofort recht geben – und wenn wir Pech haben, müssten wir sogar Schmerzensgeld zahlen. Oder noch schlimmer: Unsere Werbeumsätze rausrücken, die wir mit den Artikeln erzeugt haben.«

»Aber …«

»Sag mal, liest du eigentlich keine Zeitungen? Ich meine richtige, nicht so einen Boulevardschrott, wie wir ihn machen. Hast du nicht mitbekommen, was gerade in der Schweiz passiert?«

»Äh, nein …«

»Da klagt ein Boulevardopfer gegen jeden einzelnen fehlerhaften Artikel über sie, mit dem Medien Geld verdienen – und verlangt die Kohle. Und weißt du was: Die Gerichte geben ihr recht!«

»Aber dann …«

»Richtig. Dann wird es richtig teuer! Und zukünftig werden diese Medien viel vorsichtiger sein, wenn sie irgendwelche Anschuldigungen veröffentlichen, nur um Klicks zu bekommen.«

»Und jetzt?«, fragte Maggie vorsichtig.

»Jetzt bist du entlassen.«

»Was? Aber …«

»Wir müssen Vorkehrungen treffen, falls es sich der Verlag doch noch anders überlegt und gegen uns klagt. Wenn wir nachweisen können, dass wir dich direkt nach dem Vorfall entlassen und die Texte vom Netz genommen haben, stehen wir um einiges besser da. Das tut mir zwar leid für dich, wir hatten schon lange keine Kollegin mehr, die so viel für so we…, egal. Aber ich hoffe doch, dass du das nachvollziehen kannst.«

»Und was ist mit meiner Beförderung?«, fragte sie verzweifelt.

Martin stutzte. »Mit deiner was? Wie kommst du denn darauf?«

»Du wolltest mich doch zur Chefin Investigativ machen.«

»Da hast du etwas aber ganz grundlegend missverstanden«, lachte Martin am anderen Ende. »Ich hatte garantiert nie vor, dir die Leitung Investigativ zu geben. Das wird der Torsten machen. Da braucht es schon jemanden mit einem anderen Auftreten und Durchsetzungsvermögen als –«

»… eine junge Frau?«

»Das hast du jetzt gesagt. Aber du musst schon zugeben, dass du und Torsten, sagen wir mal, in unterschiedlichen Ligen spielt.«

»Torsten hat doch noch nie investigativ gearbeitet! Der ist doch Grafiker und gar kein Journalist.«

»Wie auch immer. Dein Gehalt läuft noch drei Monate. Das ist mehr als fair. Wenn du nächste Woche mal deinen Krempel aus dem Büro holst und den Laptop zurückbringst, ruf vorher an.«

Damit war das Gespräch beendet.

Maggie starrte geschockt ins Leere. Ihr war gerade gekündigt worden. Und ihre Mutter hatte sie aus dem Haus geschmissen. Und sie saß in einem geleasten Porsche mit viel zu hohen Raten. Und überhaupt fanden alle, die mit ihr zu tun hatten, sie schrecklich.

Maggie-Venus Goligowski dachte an die Stahlfeile im Handschuhfach. Damit könnte es gehen. Sie könnte sich diese in den Hals rammen oder sich die Handgelenke aufstechen, dann wäre alles vorbei. Und ihre Mutter und Martin konnten sehen, wo sie blieben.

In diesem Moment liefen Linn Kegel und Bettina Heidenreich einige Meter vor ihr über die Straße und bogen in Richtung Westerberg ab.

»Linn Kegel!«, knurrte Maggie-Venus. »Mit dir hat die Katastrophe überhaupt erst angefangen! Das alles ist nur deine Schuld!«

Sie war so wütend.

Wieder warf sie einen Blick auf die Feile. Vielleicht fand sie ja noch eine andere Verwendung.

Maggie-Venus Goligowski startete den Motor.

Wieder am Westerberg

Das Haus, in dem Professor Malinckrodt wohnte, war trotz des identischen Viertels das krasse Gegenteil von Burgel Krulls überwucherter Dunkelkammer: ein schicker, grellweißer zweistöckiger Neubau, umgeben von akkuratest geschnittenem Rasen, direkt am Botanischen Garten.

»Nicht schlecht«, sagte Bettina.

Linn klingelte und es dauerte keine fünf Sekunden, bis sich der Professor durch die Gegensprechanlage meldete.

»Linn Kegel und Bettina Heidenreich. Wir möchten mit Ihnen über Ferdinand Bramsche sprechen.«

»Sind Sie von der Presse?«

»Nein, wir drehen einen Film«, antwortete Bettina und zwinkerte Linn zu. Die Tür ging sofort auf. Malinckrodt erwartete sie in einem weiß gekachelten Flur.

»Ein Film? Das ist ja überaus interessant. Über Ferdinand Bramsche?«

»Ja, genau«, erwiderte Bettina im Brustton der Überzeugung. »Ein faszinierender Künstler.«

»In der Tat! Da kann ich Ihnen natürlich viel erzählen. Haben Sie meine Biografie über ihn schon gelesen?«

»Wir arbeiten immer nach dem Motto: Ein Werk sagt mehr über den Künstler aus als tausend Biografien«, antwortete Linn geistesgegenwärtig.

»Ein eigenwilliger Ansatz«, erwiderte der Professor. »Sie können reinkommen. Aber ziehen Sie Ihre Schuhe aus, wie Sie sehen, ist bei mir alles weiß. Und meine Putzfrau kommt erst morgen wieder.«

Linn und Bettina taten, wie ihnen geheißen. Linns rote und Bettinas grün und gelb karierte Socken bildeten einen krassen Kontrast zum Flur. Der alte Professor musterte ihre Füße abschätzig.

»Wir waren gestern auch bei der Vernissage«, erklärte Linn.

Malinckrodts Blick wurde finster. »Das hätten Sie sich sparen können. Das Bild ist eine Fälschung. Die Behauptung, Bramsche hätte solchen Schund gemalt, ist lächerlich. Als ob er sich mit solchen Sujets abgegeben hätte!«

»Sie meinen, mit Frauen?«

»Völlig undenkbar, wenn man sich auch nur zehn Minuten ernsthaft mit Bramsche befasst! Es ist kein Verlust, dass das Bild weg ist.«

»Weg?«, fragte Bettina gespielt naiv. »Wo ist es denn hin?«

Malinckrodt stutzte. »Haben Sie gar nicht mitbekommen, dass das Bild gestohlen wurde? Während der Vernissage! Es gab einen Stromausfall und da hat jemand zugegriffen.«

»Ach, das wussten wir gar nicht. Wir sind nach dem Vortrag gegangen. Und Sie? Waren Sie noch da, als das Bild gestohlen wurde?«

Der alte Professor zögerte erneut. »Nein. Auch ich bin direkt nach dem Vortrag gegangen. Mein Assistent ist noch geblieben und hat mir alles erzählt.«

»Tatsächlich? Wie heißt denn ihr Assistent?«

»Friedemann Klein. Warum? Wollen Sie mit dem auch noch sprechen? Ich glaube nicht, dass er Ihnen über Bramsche so viel erzählen kann. Er arbeitet erst seit ein paar Jahren für mich und hat lediglich seine Doktorarbeit über Bramsche geschrieben. Er ist sozusagen noch Anfänger. Kommen Sie, wenn Sie schon mal hier sind, zeige ich Ihnen ein paar Bilder von Bramsche. Aber bitte fassen Sie in meinem Haus nichts an.«

Er führte sie ins Wohnzimmer. Ein großer Raum mit Blick auf den Hang hinter dem Haus. Die wenigen, aber geschmackvollen Möbel waren auch hier komplett weiß.

»Was machen Sie denn, wenn Ihre Enkel mal vorbeikommen? Macht Ihre Putzfrau dann Überstunden oder erschießt sie sich direkt?«, fragte Bettina interessiert.

»Glücklicherweise habe ich keine Enkel. Ich war mein Leben lang Junggeselle und habe nicht vor, daran noch etwas zu ändern«, antwortete der Professor. »Hier«, er machte eine ausladende Geste, »können Sie in Bramsches Seele schauen.«

An den Wänden hingen mehrere große Landschaftsbilder, alle mit professioneller Beleuchtung, die der Professor stolz anknipste.

»Habe ich Ihnen zu viel versprochen? Wunderschön, nicht wahr? Ich kenne keinen zweiten Maler, der die spezifische Landschaft der Dammer Schweiz so einfangen konnte wie er.«

Linn erkannte auf einem Bild eine düstere Moorlandschaft, auf einem anderen eine Weide im Morgennebel, auf einem dritten eine winterliche Wiese mit kargen Bäumen in der Ferne. In dieser Gegend wollte sie nicht tot über dem Zaun hängen …

»Wirklich sehr schön«, kommentierte sie nickend.

»Täuscht der Eindruck oder hat Bramsche tatsächlich nie Menschen gemalt?«, fragte Bettina.

»Völlig richtig«, lobte der Professor. »Darum ist es ja geradezu lachhaft, auch nur anzunehmen, die *Kalte Sophie* stammte von ihm.«

»Nach Paula Zwiesels These handelt es sich dabei ja gar nicht um einen Menschen, sondern um eine Allegorie auf die Natur. Würde das nicht wieder passen?«

»Was sich diese dahergelaufene Wissenschaftlerin da aus den Fingern gesaugt hat, ist völliger Humbug. Menschen haben Bramsche nicht interessiert. Fast sein ganzes Leben verbrachte er zufrieden und zurückgezogen in seinem Haus in Schelenhorst. Man könnte sagen, er stand über den Menschen. Er liebte die Natur, sie war ihm genug. Warum sollte er sie dann plötzlich als

Mensch darstellen – noch dazu als garstiges Weibsstück! Er hätte die Natur niemals so verunstaltet.«

»Und um seine, wie viele waren es denn, achtzehn Kinder kümmerte sich seine Gattin?«, fragte Bettina unschuldig.

Der Professor schüttelte genervt den Kopf. »Darum sage ich: Lesen Sie meine Biografie! Dann wüssten Sie, dass Bramsche keine Kinder hatte. Er war noch nicht einmal verheiratet.«

»Ach, er war homosexuell?«, hakte Bettina nach.

Um Malinckrodts Mund zuckte es. »Mit Sicherheit nicht! Bramsche war ein wahrer Künstler und Intellektueller. Er fand seine Befriedigung nicht in Beziehungen zu anderen Menschen, sondern zu sich selbst. Er war von anderen Menschen unabhängig, sein Leben lang. Und genau das müssen Sie auch in Ihrem Film über ihn herausstellen. Bramsche war ein fast schon priesterlicher Geist.«

Aha, dachte Linn. Der Professor verehrte diesen Maler ja tatsächlich über alle Maße.

»Und was war mit diesem Freund, dem er in seinem Testament gleich mehrere Kisten vermacht hat?«

»Das ist etwas ganz anderes. Hierbei handelt es sich um eine Freundschaft zwischen Männern. Eine Freundschaft auf Augenhöhe. Zu Frauen war das damals ja gar nicht möglich – und, um offen zu sein, ich bezweifle, dass sie heute möglich ist.«

»Ja, da haben sie recht: Die meisten Frauen müssen sich geistig inzwischen ganz schön bücken, um mit Männern auf Augenhöhe zu sprechen«, stellte Linn trocken fest.

»Können Sie uns mehr über diese Freundschaft erzählen? Ich will ja nicht nochmals auf meine Frage nach einer möglichen Homosexualität zurückkommen. Aber wer war dieser Freund?«

»Er hieß Huldbert Gasser und war Priester in Münster. Auch er ein tadelloser, ehrenwerter Mann. Die beiden haben sich viel über Philosophie unterhalten.«

»Ja, bestimmt nur darüber«, kommentierte Bettina. Malinckrodt strafte sie mit einem kalten Blick.

Linn schritt ein. »Was Frau Heidenreich sagen will: Hat nicht jeder Mensch verschiedene Facetten? Und sind es nicht genau diese Facetten, die die Faszination eines Menschen ausmachen? Ein Film versucht immer auch, Ambivalenzen zu zeigen. Darum werden wir gleich auch noch mit Paula Zwiesel sprechen.«

»Das können Sie sich sparen«, reagierte der Professor prompt. »Die ist nicht da.«

»Ach?«, fragte Linn. »Wo ist Sie denn? Und warum wissen Sie, dass sie nicht da ist?«

Malinckrodt schaltete die Museumsbeleuchtung aus. »Am besten, Sie gehen jetzt. Ich habe zu tun. Ambivalenzen! Dass ich nicht lache. Genies haben keine Ambivalenzen!«

Doch Linn wollte nicht lockerlassen. »Dann sagen Sie uns doch, wo wir Frau Zwiesel finden können.«

»Nichts dergleichen werde ich. Wenn Sie einen Film machen, lesen Sie meine Bücher. Bei Fragen können Sie sich schriftlich an meinen Assistenten wenden. Aber wenn Sie irgendeinen Unsinn über Bramsche verbreiten, werde ich Sie verklagen. Das schwöre ich!«

»Netter Versuch«, konterte Linn. »Wie soll das denn gehen? Sie sind nicht Bramsches Mutter – und selbst als solche könnten Sie uns nicht davon abhalten, über ihn zu erzählen, was auch immer wir wollen. Er ist seit über zweihundert Jahren tot.«

»Apropos«, ergänzte Bettina, »wie ist er eigentlich gestorben? Stimmt es, dass er eines Tages einfach verschwunden ist? Das habe ich bei Wikipedia gelesen. Und dann soll man seine Leiche irgendwann mit eingeschlagenem Schädel in seinem Keller gefunden haben.«

»Ach ja?«, fragte Linn beeindruckt. »Was du alles weißt ...«

»Nicht ich. Tante Wiki.«

»Raus jetzt!«, zeterte der Professor. »Und nehmen Sie Ihre schmutzigen Schuhe mit!«

Gefunden, verloren, vergessen

»Das war ja wirklich spannend«, sagte Linn, als sie sich auf den Stufen vor Malinckrodts Haus die Schuhe anzogen.

»Habe ich es nicht gesagt?«

»Dieser Malinckrodt hat richtig einen an der Klatsche. Der ist ja geradezu besessen von diesem Maler und seinem makellosen Ruf. Kein Wunder, dass der so reagiert, als er mitbekommen hat, dass Burgel ein Bild zeigen will, das nicht in sein säuberliches Konstrukt von Bramsche passt. Der will alles aus dem Weg räumen, was seine Vorstellung von Bramsche relativieren könnte. Auch eine Wissenschaftlerin.«

»Aber warum? Nur weil sie öffentlich eine These vertritt? Die hat er doch durch seinen Artikel schon zertreten.«

Linns Nase juckte. »Eben das ist die Frage.«

»In seinem Haus ist Paula Zwiesel jedenfalls mit Sicherheit nicht. Du hast den Handabdruck am Türrahmen gesehen. Sie hat geblutet. Ich kann mir nicht vorstellen, dass er eine blutende Person in sein klinisch reines Reich gelassen hätte.«

»Wo du recht hast, hast du recht ... Lass uns zurück zu Burgel gehen. Ich muss dringend etwas essen, dann kann ich auch wieder nachdenken.«

»Es ist auch schon fast zwei«, stellte Bettina mit Blick auf die Uhr fest. »Gegen die Unterzuckerung können wir aber direkt hier etwas machen.« Bettina zog stolz zwei Käsebrote aus ihrem Trenchcoat. »Zwei Cola habe ich auch dabei.«

»Sie sind ja der reinste Kiosk, Frau Heidenreich.«

»Nicht wahr? Ich will halt für alle Eventualitäten gewappnet sein. Komm, wir setzen uns in den Botanischen Garten zum Essen.«

»Gibt's da auch ein Klo? Ich müsste mal.«

»In jedem Fall.«

Linn grinste. »Hab ich dir eigentlich erzählt, dass ich bei meinem letzten Buch total die Diskussionen hatte mit Hartmann, weil ich der Meinung war, dass meine Hauptfigur auch mal aufs Klo muss?«

»Nö, hast du nicht erzählt. Klingt aber schlimm.«

»Kann ich dir sagen! Wir haben uns richtig gestritten. Hartmann meinte, dass so ein Realismus niemanden interessiert – und ich stattdessen lieber mal ne richtige Sexszene einbauen sollte.«

»Ach, beim Sex stört der Realismus dann nicht? Und wie hast du das Problem gelöst?«

Linn blitzte Bettina schelmisch an. »Ich habe die Pinkelszene drin gelassen und zudem eine Szene geschrieben, in der sich meine Hauptfigur beim Duschen selbst befriedigt – mit Vibrator. Hartmann war ganz verwirrt, dass Frauen das so machen.«

»Wo lebt der denn? Hat er keine Partnerin?«

»Doch! Und genau die hat sich später bei mir bedankt. Sie habe sich auch so ein Teil geholt und seitdem hätte sie wieder richtig Spaß im Bett.«

»Da sag noch einer, man könne aus Büchern nicht fürs Leben lernen.«

Nachdem die beiden im großen Gewächshaus pinkeln waren, setzten sie sich auf eine Parkbank, machten sich über das Mittagessen her und blickten in die Weiten des Botanischen Gartens.

»Also«, sagte Linn irgendwann kauend. »Wir sind uns einig, dass vieles dafür spricht, dass Paula Zwiesel die *Kalte Sophie* geklaut hat, oder? Auch wenn wir ihr Motiv noch nicht kennen: Sie kannte die Aufhängung, ihre Wohnung wurde durchsucht und sie ist entführt worden.«

»Sieht so aus. Auch wenn ich es persönlich besser fände, wenn dieser widerliche Gustav Graf dahinterstecken würde. Der Pate von Osnabrück! Das wär' doch eine Geschichte!«

»Und was, wenn Zwiesel Gustav Grafs Komplizin war? Sie nimmt das Bild von der Wand, übergibt es ihm und er schafft es raus.«

»Aber warum sollte Zwiesel denn mit Graf gemeinsame Sache machen?«

»Geld, Sex, Macht ... ich kann es dir nicht sagen.«

»Und warum sollte er danach ihre Wohnung durchsuchen, wo er das Bild doch rausgeschafft hat?«

»Das ist wahr. Das passt irgendwie nicht. Aber was gibt es sonst noch für Möglichkeiten?«

»Wie wär's mit meiner Tante?«

Linn schaute erstaunt von ihrem belegten Brot auf. »Wie das?«

»Das ist mir heute früh durch den Kopf gegangen. Sie hat uns doch erzählt, dass ihr Vermieter ihr nächste Woche ein Gerüst vor den Laden knallen wird. Wäre es da nicht eine Gelegenheit, durch den Diebstahl bei der Vernissage für Medienöffentlichkeit zu sorgen und damit die Galerie bekannt zu machen – nach dem Motto: *Bad Publicity is better than no publicity* ? Oder hast du mal an Versicherungsbetrug gedacht? Vielleicht deckt die Versicherung doch mehr ab, als sie zugeben will.«

Linn hob überrascht die Brauen. »Ich dachte, du willst deiner Tante helfen.«

»Will ich ja auch. Aber in jedem zweiten Krimi hängt doch die Auftraggeberin irgendwie mit drin.«

»Mutige These. Ich fand Burgels Verzweiflung allerdings sehr authentisch. Interessant, dass du ihr das zutraust.«

Fast hätte sich Bettina am Käsebrot verschluckt. »Ich traue ihr aus Prinzip alles zu. Wie allen in unserer Familie.«

»Ach so, sag das doch gleich. Wobei ich dir für gestern Abend glatt ein Alibi gebe. Du hast dich kein Stück von meiner Seite wegbewegt.«

»Und da wären wir auch schon beim Einwand gegen Burgels Täterinnenschaft: Als das Licht ausging, stand sie direkt neben uns.«

Linn dachte nach und versuchte, sich in die Situation vor Ort zu versetzen. »Zwiesel hätte das Licht für sie ausmachen können. Daraufhin quetscht sich Burgel mit öffentlicher Publikumsansage durch die Menge, knibbelt das Bild ab – und macht das Licht wieder an.«

»Und was ist mit der Leinwand?«

»Wird von Zwiesel versteckt. Wobei wir schon wieder bei ihr wären. Ob als Komplizin oder nicht: Paula Zwiesel hat ganz sicher mit dem Diebstahl zu tun.«

Bettina schmatzte. »Aber von unseren drei Verdächtigen war sie die einzige, die nach der Entdeckung des Diebstahls noch da war. Anders als Graf und Malinckrodt konnte sie das Bild also nicht rausschaffen.«

»Lass uns mal alles wieder vergessen und nur von Zwiesel aus denken«, versuchte Linn ihre Gedanken zu sortieren. »Sie hat das Bild schon vor der Galerieeröffnung gesehen, sie hat es zusammen mit Burgel aufgehängt. Wenn sie also allein für den Diebstahl verantwortlich ist: Warum hat Zwiesel es nicht früher geklaut, die Möglichkeit hatte sie. Stattdessen hat sie gewartet, bis zur Vernissage und bis der Raum rappelvoll war.«

»Das stimmt.« Bettina nickte. »Und noch einfacher wäre es gewesen, wenn sie es nach der Vernissage getan hätte. Nachdem alle die Galerie verlassen haben.«

»Vielleicht eher schwieriger, da Burgel da gewesen wäre – und ohne Stromausfall bestimmt mit ihrer vollen Aufmerksamkeit.«

Die Barocke fuhr sich durch die wilden Hexenhaare. »Also doch Burgel und das Ziel ist Bekanntheitssteigerung?«

»Ich halte das zwar für ziemlich unwahrscheinlich, aber ganz vom Tisch ist es wohl nicht«, musste Linn zugeben.

»Aber sie würde das Porträt nicht verkaufen können. Jedenfalls nicht offiziell. Und ob Burgel schon über Grafs Beziehungen verfügt, wage ich zu bezweifeln. Und ich glaube auch nicht, dass sie einfach ein paar Wochen abwartet, um dann das Bild wieder auftauchen zu lassen. Das passt nicht zu ihr.«

Linn nickte. »Da hast du einen Punkt. Der Diebstahl während der Veranstaltung passt eindeutig am besten zu Gustav Graf und seinen Anhängern: Ein Raub während der Eröffnung ist eine öffentliche Demütigung – und die hat Burgel aus seiner Sicht verdient.«

»Aber da passt die Entführung nicht ins Bild.«

Linn biss nachdenklich ins Brot. »Ob bei Burgel oder Graf: Beides setzt voraus, dass sich jemand im Vorfeld Gedanken gemacht und den Diebstahl zumindest ein wenig geplant hatte. Was aber, wenn es noch eine andere Möglichkeit gäbe?«

»Welche denn?«

Linn schluckte. »Was wäre, wenn Zwiesel gar nicht vorhatte, das Gemälde zu klauen, sondern es erst während ihres Vortrags beschlossen hat.«

»Du meinst, ohne Unterstützung und ohne Vorsatz? Warum das denn?« Bettina reichte Linn eine der Colaflaschen.

»Erinnerst du dich an den Moment, als Zwiesel ihren Vortrag unterbrochen hat?«

»Natürlich. Das war in dem Moment, als sie den bekloppten Professor in der Menge entdeckt hat.«

»Vielleicht hat sie ja gar nicht der Professor aus dem Takt gebracht, sondern etwas anderes. Etwas, das sie gesehen hat. Etwas, das ihr klar gemacht hat, dass sie das Bild in Sicherheit bringen muss.«

»Weil es sonst was? Gestohlen wird?« Bettina warf die Stirn in Falten.

»Warum nicht?«

»Oh, Frau Bestseller. In deinem Kopf möchte ich ja nicht wohnen. Da geht ja alles drunter und drüber.«

Linn schob sich den letzten Bissen in den Mund. »Wahrscheinlich hast du ja recht. Die Einzige, die uns diese Fragen beantworten könnte, ist Paula Zwiesel – und die ist verschwunden.«

Ein junger Mann ging mit gesenktem Blick und hängenden Schultern an ihnen vorbei.

Bettina knuffte Linn in die Seite.

»Aua. Hör auf, mich die ganze Zeit zu hauen.«

»Pssst! Hast du den Anzug gerade gesehen? Den Typen mit der Sporttasche? Das war doch der Assistent vom Professor. Lass uns dem mal unauffällig folgen.«

Linn hatte gerade die Colaflasche angesetzt und fühlte sich gehetzt. »Warum das denn? Wahrscheinlich ist er auf dem Weg zu seinem Prof.«

Bettina hingegen war bereits von der Parkbank aufgesprungen. »Los, komm mit. Zur Abwechslung bin ich es mal, die so ein Gefühl hat.«

»Manchmal glaube ich, das ist eher ein nicht diagnostiziertes Aufmerksamkeitsdefizitsyndrom.«

»Beeil dich. Er ist schon fast aus dem Botanischen Garten raus.«

»Ist ja gut, ist ja gut«, grummelte Linn und lief gemeinsam mit Bettina hinter Friedemann Klein her. Wie gedacht, bog er in die Straße von Professor Malinckrodts asketischem Haus ein und betrat den Vorgarten. Doch er ging nicht weiter zum Haus, sondern daran vorbei in den hinteren Teil des Gartens.

»Hab ich's dir doch gesagt«, triumphierte Bettina. »Da passiert etwas. Hinterher!« Auch die beiden Verfolgerinnen schlüpften durch das Gartentor und über eine Steintreppe am Haus vorbei. Durch die Hanglage führte der Weg in den Garten hinauf.

»Nanu, wo ist er denn plötzlich hin?«, flüsterte Bettina, als sie hinter dem Haus waren.

Linn griff nach ihrem Unterarm. »Was war der Westerberg eigentlich früher?«

»Wie kommst du jetzt darauf?«

»Weil unser sauberer Professor so was wie einen Bunker im

Garten hat. Schau mal da vorn, dort führen Stufen in den Hang. Ich wette mit dir, dort ist eine Tür – und da ist der Assistent verschwunden.«

Bettina stöhnte. »Jetzt wird es mir aber doch etwas zu unheimlich hier.«

»Du hast mich heute früh aus dem Bett gescheucht, das hast du davon. Los! Wir gehen ihm nach.«

»Und wenn er eine Waffe hat?«

»Du hast schon einmal einen Mann mit reiner Körperkraft überwältigt, weißt du nicht mehr? Damals vor der Premiere von *Schwarze Petra*. Ich verlass mich auf dich.«

»Nur keinen Druck.«

Leise gingen Linn und Bettina die paar Stufen hinunter, schlüpften durch die Tür und betraten einen kalten Betonflur, der nach wenigen Metern rechts um die Ecke bog. Sie hörten eine Männerstimme.

»Jetzt nehmen Sie schon. Ich habe extra für Sie gekocht. Und weil ich nicht wusste, ob Sie vielleicht Allergien oder eine Lebensmittelunverträglichkeit haben oder so, gleich mehrere Gerichte. Ich will schließlich nicht, dass Sie uns vorwerfen, wir würden Sie hier verhungern lassen.«

»Ich will Ihr Essen nicht!«, schnauzte ihn eine Frau an. »Ich will hier raus und zwar sofort. Sie haben mich letzte Nacht überfallen und niedergeschlagen. Sie halten mich hier gegen meinen Willen fest. Da wird es der Polizei völlig egal sein, ob sie mir etwas zu essen gegeben haben oder nicht.«

»Es tut mir wirklich leid, aber ich kann Sie nicht gehen lassen.«

»Warum? Weil er Ihnen das befohlen hat? Was für ein Würstchen sind Sie eigentlich?«

»Hören Sie sofort auf, mich zu beschimpfen! Sonst gehe ich und dann können Sie sehen, wie lange Sie es ohne Essen oder Trinken hier aushalten. Ich glaube nämlich nicht, dass der Professor Ihnen etwas bringen wird. Der ist wie immer viel zu sehr mit sich selbst beschäftigt.«

Linn warf einen Blick um die Ecke. Vom Flur ging ein Lattenverschlag ab, gesichert mit einem großen Vorhängeschloss. Davor hockte Malinckrodts Assistent und schob Tupperdosen unter der Lattentür durch.

»Hallo, Herr Klein«, rief Linn laut. »Was wird das, wenn es fertig ist? Ich würde mal sagen, auch wenn es wie ein Cateringservice aussieht, ist es doch eine lupenreine Entführung. Meinen Sie nicht auch? Das verträgt sich aber gar nicht mit einer Unikarriere.«

Friedemann Klein ließ die Dosen erschrocken fallen und setzte sich wie ein kleiner Junge auf den Hosenboden.

»Wer ist da?«, rief Paula Zwiesel aus dem Verschlag. »Helfen Sie mir! Ich bin hier eingesperrt!«

»Wir kommen von Burgel Krull«, antwortete Linn. »Keine Angst, Frau Zwiesel – wir holen Sie hier raus.« Und den Assistenten forderte sie auf: »Sitzen Sie nicht untätig rum. Öffnen Sie sofort den Verschlag!«

»Ja, aber …«

»Nix, ja, aber. Sie schließen jetzt sofort auf. Sonst können Ihre Eltern Sie bald im Knast besuchen – wenn Sie Glück haben, bleiben Sie so wenigstens in der Stadt!«

Eingeschüchtert kramte er in seiner Konfirmandenhose nach einem Schlüsselbund. Das Schloss schnappte auf. Linn und Bettina rissen die Tür auf und standen vor Paula Zwiesel. Eingetrocknetes Blut klebte an ihrer Stirn.

»Gott sei Dank haben Sie mich gefunden!«, sagte sie. »Diese zwei Vollidioten haben mich gestern Nacht in meiner Wohnung überfallen. Und sie haben das Bild mitgenommen. Los schnell, wir müssen hier raus.«

»Gar nichts müssen Sie!« Eine laute Männerstimme dröhnte durch die Gemäuer.

Rudolf Malinckrodt hatte sich dem Verschlag geräuschlos genähert. Jetzt zielte er mit einer Pistole auf die Frauen.

»Sie bleiben schön, wo Sie sind. Und Sie«, er richtete die Pistole auf seinen Assistenten, »Sie unbrauchbarer Lump, Sie werden den Damen Gesellschaft leisten. Los, allesamt da rein!«

Friedemann Klein war völlig verdattert. »Aber das geht nicht! Ich muss doch noch Ihren Aufsatz für *Kunst heute* abtippen. Wir haben morgen Abgabe.«

Der Professor knuffte ihn mit der Pistole in den Bauch. »Unterstehen Sie sich, mir zu widersprechen! Sie gehen sofort da rein und halten Ihren blöden Mund.«

»Aber …«, versuchte es Klein erneut. Er war den Tränen nahe.

»Schweigen Sie! Sie verstehen einfach nicht, worum es hier geht!«

Linn hatte sich wieder gefasst und sah Malinckrodt direkt in die Augen. »Dann erklären Sie uns doch, worum es geht, Herr Professor. Offensichtlich verstehen wir es alle nicht.«

Der alte Mann schüttelte seinen weißen Haarkranz. »Unfähig! Sie sind alle unfähig, das Wesentliche zu sehen! Hier geht es nicht um eine Galerie oder ein Bild. Hier geht es um nicht weniger als die Kunstgeschichte selbst. Es geht um die Bedeutung Ferdinand Bramsches für die Weiterentwicklung der Kunst von damals bis heute! Hier geht es um meine Forschung!«

»Ach so!«, rief Bettina, als habe sie tatsächlich gerade etwas begriffen. »Also geht es um *Sie*. Die *Kalte Sophie* ist keine Fälschung, nicht wahr? Das Porträt ist echt. Und nun haben Sie Angst, dass Ihre schönen Thesen über den unabhängigen Maler Ferdinand Bramsche, der sich nie mit Menschen abgeben wollte, in sich zusammenfallen.«

»Gar nichts wird hier zusammenfallen!«, schrie der Professor schrill. »Ich bin der Hüter von Bramsches Ruf!«

»Und Sie haben in den letzten Jahren verdammt viel gehütet«, mischte sich nun auch Paula Zwiesel ein. »Es stimmt nämlich nicht, was ich gestern gesagt habe, nicht wahr? Die *Kalte Sophie* ist keine Metapher für schlechtes Wetter. Die *Kalte Sophie* ist Hate Speech. Das Bild ist Bramsches Rache an Leonore Kulmbach.«

»Was?«, riefen Linn und Bettina im Chor.

Paula Zwiesel baute sich vor dem Professor auf, der die Waffe nun direkt auf ihren Kopf richtete. Das schien sie jedoch wenig zu beeindrucken. »Gestern während des Vortrags ist es mir aufgefallen. Es war nur ein Detail, darum war ich nicht hundertprozentig sicher. Aber die Ohrringe, die die Frau auf dem Gemälde trägt, kamen mir bekannt vor. Die hatte ich schon einmal gesehen – und zwar auf den Selbstporträts der Malerin Leonore Kulmbach. Sie ist eine Zeitgenossin von Bramsche und wohnte auch in der Gegend. Die Ohrringe waren seit Generationen im Familienbesitz, sie waren ihr Markenzeichen. Ich musste das unbedingt zu Hause vergleichen.«

»Darum haben Sie das Bild geklaut? Burgel hätte Ihnen das Bild doch bestimmt nach der Vernissage ausgeliehen.«

»Zu gefährlich. Malinckrodt und sein Handlager waren im Publikum. Das Risiko, dass die beiden das Gemälde verschwinden lassen, war einfach zu groß. Oder dass sich der eine daran festklebt und es just an diesen Stellen beschädigt wird.«

»Sozusagen als Kunstkleber-Trittbrettfahrer?«, fragte Linn ungläubig. »Das ist aber arg konstruiert.«

»... oder es eben auf andere Weise zerstört«, antwortete Zwiesel leicht pikiert. »Das musste ich unbedingt verhindern. Ich wusste ja, dass das Bild überhaupt nicht gesichert war. Hätte es einen Anschlag darauf gegeben, ich hätte mir das nie verziehen.«

»Und warum?«

Paula Zwiesel warf Malinckrodt einen kämpferischen Blick zu. »Weil es mir um die wirkliche Geschichte der Kunst geht. Die Geschichte, die eben nicht die Hälfte der Menschen ausklammert und sich nur auf die Männer der Schöpfung kapriziert. Ich befasse mich seit Jahren mit Leonore Kulmbach. Letztes Jahr habe ich Tagebücher von ihr ausgewertet. Darin schreibt sie, dass Bramsche ihr nachstellt und ihr Nein nicht akzeptieren will.«

»Pah!«, wetterte der Professor. »Blödes Gewäsch! Bramsche hat sich nie für Frauen interessiert – und für die Kulmbach schon gar nicht! Warum auch? Richtige Männer wie Bramsche und ich sind sich selbst genug!«

»Ha!«, rief Bettina. »Sie sehen in Bramsche ja geradezu ihr Alter Ego – mit Betonung auf Ego!«

Die Wissenschaftlerin hatte sich nun warm geredet. »Ich vermute, dass sich Bramsche für Kulmbachs Abfuhr rächen wollte, und zwar öffentlich. Er wollte sie bloßstellen. Und da es damals noch kein Twitter gab, malte er ein demütigendes Bild. Dieses hatte zwar keinerlei Ähnlichkeit mit der echten Leonore Kulmbach – die war nämlich eine ausgesprochen attraktive Frau –, aber für ihr Umfeld war sie dennoch direkt zu erkennen. Er wollte sie lächerlich machen! Und wissen Sie was? Nicht nur sie.«

»Was heißt das denn?«, fragte Bettina.

Paula Zwiesel wies auf die Holzkisten, die in einer Ecke des Verschlags lagen. »Die sind voll mit solchen Bildern. Ich hatte in den letzten Stunden ja ausreichend Zeit, mir alles anzusehen. Ätzende, abscheuliche, frauenverachtende, zum Teil auch pornografische Schmierereien! Und alle stammen von Ferdinand Bramsche, dem ach so sauberen Naturmaler. Ein widerlicher Psychopath war das!«

»Unterstehen Sie sich!«, schrie Malinckrodt. »Unterstehen Sie sich, so über ihn zu sprechen! Ich werde Sie verklagen!«

»Was denn nun?«, konterte Zwiesel scharf. »Verklagen oder erschießen Sie mich? Für eines von beiden müssen Sie sich schon entscheiden, Herr Professor! Was Sie hier betreiben, ist Geschichtsfälschung!«

Malinckrodt stampfte mit dem Fuß auf. »Zurück!« Er hob die Pistole und schoss in die Decke. Betonstaub rieselte herunter. Erschrocken wichen die drei Frauen und der Assistent zurück. Der Professor stieß mit dem Knie die Tür zu. Mit der einen Hand hielt er die Pistole und zielte zwischen den Lattenlücken ins Innere des Verschlags. Mit der anderen fummelte er den Schlüssel ins Vorhängeschloss und schloss ab.

»Sie dahergelaufene dumme Kuh! Bramsche war ein Genie!

Ich lasse nicht zu, dass Sie sein Andenken beschmutzen. Sie werden hier zusammen verrecken!«

»Tun Sie das nicht, Herr Professor«, flehte Friedemann Klein. »Lassen Sie wenigstens mich raus. Ich war immer auf Ihrer Seite und will es auch immer bleiben.«

»Feigling«, fauchte Bettina. »Machen Sie ihm doch direkt einen Heiratsantrag.«

Klein warf sich vor der Tür auf die Knie. »Bitte, Herr Professor! Ich habe Ihnen doch Bramsches Kisten gebracht. So haben wir uns doch überhaupt kennengelernt. Erinnern Sie sich doch! Ich habe sie Ihnen gebracht, damit niemand sonst das Geheimnis von Bramsche erfährt. Lassen Sie mich bitte raus! Meine Mutter macht sich Sorgen, wenn ich heute Abend nicht anrufe.«

»Die Kisten stammen von Ihnen?«, fragte Zwiesel.

Klein drehte ihr, deutlich überfordert von der Gesamtsituation, den Kopf zu. »Ich bin ein Nachfahre von Huldbert Gasser, dem Freund, den Bramsche in seinem Testament erwähnt hat. Er hat ihm mehrere Kisten mit Unterlagen vermacht, darunter auch mehrere Bilder. Wahrscheinlich war ursprünglich auch die *Kalte Sophie* dabei, aber die war irgendwann weg.«

Bettina schnaubte. »Bramsche hat sich bestimmt gewünscht, dass sein Priesterfreund mit den Frauenhassbildern ein Museum nur für Männer eröffnet.«

»Aufhören! Sofort aufhören mit diesen blöden Sprüchen!«, zeterte der Professor. »Das ist ja nicht zum Aushalten hier.«

»Das geht mit Frau Heidenreich aber den ganzen Tag so. Das ist normal«, legte Linn nach.

»Sie haben alle nichts anderes verdient! Krepieren Sie wohl!« Malinckrodt drehte sich um und verließ den Flur. Sie konnten hören, wie die schwere Stahltür ins Schloss fiel.

»Jetzt haben Sie ihn vertrieben«, klagte der Assistent. »Wir werden hier alle sterben! Das Ding hier ist ein alter Privatbunker. Hier wird uns garantiert niemand suchen – und das Essen reicht auch nur bis morgen.«

»Was sind Sie eigentlich für ein Waschlappen? Sie kannten die Wahrheit und haben das Lügengebäude dieses senilen Professors dennoch geschützt?«, schimpfte Zwiesel und schlug auf ihn ein. »Ohne Sie wäre das alles gar nicht passiert!«

»Aua, nein! Im Vergleich zum Professor bin ich unschuldig!«

Zwiesel prügelte weiter. »Meinen Sie wirklich, irgendjemand wäre so doof zu glauben, dass ein siebzigjähriger Rentner mich überwältigen und hierher verfrachten könnte? Sie haben mich letzte Nacht niedergeschlagen – und das werde ich auch aussagen, sollten wir jemals hier rauskommen. Sie sind ein rückgratloser Opportunist!«

»Wo sie recht hat, hat sie recht«, stellte Linn fest. »Hören Sie trotzdem auf, ihn zu schlagen. Das bringt doch nichts.«

Friedemann Klein schluckte und sah Zwiesel mit treuem Hundeblick an. »Ich bin kein schlechter Mensch, bitte glauben sie mir das. Der Professor hat mir einen Fünfjahresvertrag an der Universität besorgt, nachdem ich ihm die Kisten übergeben habe. Wer hat das denn heutzutage noch? Ein Fünfjahresvertrag! Dafür habe ich mir seine ewig gleichen Geschichten über Bramsche angehört. Und jetzt will er mir dabei helfen, eine Professur zu bekommen, sogar hier in Osnabrück!«

»Eine Professur für was? Für stumpfes Nachplappern? Arme Wissenschaft!« Paula Zwiesel pustete sich ihren blutverklebten Pony aus dem Gesicht. »Sie sind einer dieser ideen- und meinungslosen Schlappschwänze, die beim Vorsingen für Professuren vor mir platziert werden, weil irgendein überalterter Sack meint, die Wissenschaft müsse genauso bleiben wie in seiner Jugend! Sie sind der Grund, warum sich der Wissenschaftsstandort Deutschland nicht weiterentwickelt, sondern abgehängt wird! Wegen Ihnen dümpeln geniale, begabte Frauen von Projektstelle zu Projektstelle oder verlassen die Universitäten, weil ihnen die Wirtschaft bessere Verträge bietet. Wegen Ihnen kommen wir nicht voran!«

»Na, an allem ist er jetzt vielleicht doch nicht ganz allein schuld«, versuchte Bettina die Wissenschaftlerin zu beruhigen.

Linn nahm derweil den Holzverschlag genauer unter die Lupe und rüttelte an den Bretterwänden.

»Hört mal alle zu«, sagte sie. »Ich bin mir ziemlich sicher: Wenn wir uns gemeinsam dagegen werfen, werden die Wände nicht halten.«

»Und dann?«, schrie Klein verzweifelt. »Dann sind wir vielleicht aus dem Holzverschlag raus, aber aus dem Bunker noch lange nicht. Und überhaupt müsste ich mal auf die Toilette. Ich bekomme in Stresssituationen Durchfall!«

»Unterstehen Sie sich!«, rief Zwiesel.

»Noch ein Grund mehr, unser Gefängnis zu erweitern«, meinte Linn. »Also los jetzt!«

Die vier stellten sich nebeneinander auf, nahmen zwei Schritte Anlauf und warfen sich gegen die Latten. Es knackte – doch sie hielten.

»Gleich nochmal!«, rief Linn. »Streng dich bitte an, Bettina. Ohne dich schaffen wir es nicht.«

»Danke, du mich auch.«

Noch einmal nahmen sie Anlauf. Noch einmal warfen sie sich gegen die Bretterwände. Mit lautem Krachen wurde die Seite des Verschlags aus der Verankerung gerissen und brach zusammen.

»Aua«, beschwerte sich Bettina, die wie ein Käfer auf dem Rücken lag.

»Das war die Rache für heute Morgen.« Linn reichte ihr die Hand und zog sie hoch. »Ok, immerhin sind wir jetzt im Flur. Und siehe da, was ein guter Bunker ist, der hat sogar ein Klo für unseren kleinen Herrn Friedemann.«

»Nennen Sie mich nicht so, ich hasse Thomas Mann für diese Geschichte. Und meine Eltern, dass sie den Titel kannten, aber die Geschichte erst nach meiner Geburt gelesen haben.«

Tatsächlich gab es im Flur einen fensterlosen Raum mit einer alten Toilette und einer Dusche. Der Assistent verschwand blitzschnell darin und zog die Tür hinter sich zu.

»Wir dürfen ihn auf gar keinen Fall mit den Kisten allein lassen«, raunte Zwiesel ihnen zu. »Nicht, dass er die Gemälde vernichtet. Vor allem nicht die *Kalte Sophie.*« Sie eilte zu den Kisten und öffnete sie. Darin lagen mindestens dreißig oder vierzig zusammengerollte Leinwände jeder Größe.

»Sind das alles ...?«

Paula Zwiesel nickte. »Bramsche muss eine richtige Obsession Frauen gegenüber gehabt haben. Wahrscheinlich hat er alle Frauen, die ihm irgendwo begegnet sind, auf diese Weise gemalt. Aber dieses hier«, Zwiesel griff nach der obersten Leinwand und rollte sie auf, »die *Kalte Sophie* ist technisch sein Meisterwerk. Er muss Tage, wenn nicht Wochen damit zugebracht haben, dieses Bild zu malen. Wir müssen es unbedingt retten. Es darf auf keinen Fall zerstört werden.«

»Wenn wir hier drin verhungern, ist mir das, offen gesagt, völlig egal, was mit diesem oder den anderen Bildern geschieht«, antwortete Bettina.

»Warum hat Malinckrodt die Bilder eigentlich nicht schon längst vernichtet?«, frage Linn. »Sie sind doch der Beweis, dass seine ganzen Forschungsergebnisse erfunden sind. Warum hat er sie hier aufbewahrt?«

Diese Bemerkung stieß bei Paula Zwiesel auf ein ratloses Achselzucken. »Keine Ahnung. Ich kann mir nur vorstellen, dass er es schlicht nicht schaffte, Werke von seinem großen Idol zu vernichten.«

»Wie haben Sie die *Kalte Sophie* eigentlich aus der Galerie bekommen?«

Über das Gesicht von Paula Zwiesel huschte ein stolzes Lächeln. »Dank meiner Strumpfhose.«

»Sie haben jetzt nicht gesagt, was ich gehört habe, oder?«, stöhnte Bettina.

»Da staunen Sie! Eigentlich war das kalte Wetter schuld. Darum hatte ich unter meinem Hosenrock noch eine Nylon an. Als ich das Bild von der Wand genommen habe, bin ich damit um die Ecke aufs Klo. Dort habe ich mir das Bild ums Bein gewickelt und die Strumpfhose wieder hochgezogen. Hielt erstaunlich gut – und dank der weiten Hose ist es auch keinem aufgefallen.«

»Bis auf Burgel, die dachte, Sie würden hinken.«

»Ich war bewegungstechnisch ein bisschen eingeschränkt, aber das fiel niemandem sonst auf. Dafür, dass ich für die gesamte Planung und Durchführung vielleicht fünf Minuten hatte, war das doch der perfekte Raub, oder?«

»Respekt«, lobte Bettina und fügte kichernd an: »Sie haben Bramsche nicht um den Finger, sondern um den Oberschenkel gewickelt. So nah ist der echte Bramsche einem Frauenkörper wahrscheinlich nie gekommen.«

»So, Schluss mit den Albernheiten«, unterbrach Linn. »Wenn ich daran erinnern darf: Wir stecken hier immer noch in einem Bunker fest. Lasst uns checken, ob wir irgendwo Handyempfang haben.«

Bettina schüttelte den Kopf. »Unter der Erde und hinter dicken Mauern? Das wäre ein Wunder.« Sie tat aber, wie vorgeschlagen, und lief mit ihrem Handy alle Ecken des Bunkers ab. »Keine Chance.«

Die drei hörten, wie die Spülung gezogen wurde. Friedemann Klein kam zurück. Er sah deutlich erleichtert aus.

»Vielleicht gibt's ja auf dem Klo Empfang«, rief Linn ihrer Freundin zu.

»Äh«, unterbrach Klein. »Ehrlich gesagt, würde ich da jetzt an Ihrer Stelle nicht reingehen.«

»Na super«, reagierte Bettina sarkastisch. »Vor dem Hungertod rettet uns der Tod durch Ersticken. Grandios! Wirklich vielen herzlichen Dank, Herr Assistent!«

Friedemann Klein hob entschuldigend die Hände. »Ich kann wirklich nichts dafür. Das habe ich auch bei Prüfungen und vor Flugreisen.«

»Und Sie wollen Professor werden?«, schüttelte Zwiesel den Kopf.

Plötzlich hörten sie Geräusche. Sie kamen vom Eingang.

»Malinckrodt kommt zurück! Schnell, Bettina und ich stellen uns hinter die Tür und ziehen ihm mit einer Latte einen über, wenn er reinkommt! Und Sie beide warten am besten hinter dem Abzweig und bewaffnen sich auch.«

Die Tür wurde aufgestoßen. Doch draußen stand nicht nur der Professor, sondern auch zwei Polizisten. Und Maggie-Venus Goligowski.

V for Vendetta

Maggie-Venus hatte den Motor gestartet und war den beiden in gebührendem Abstand gefolgt. Kein ganz einfaches Unterfangen, denn normalerweise fuhr sie mit ihrem Porsche nicht im Schritttempo.

Linn Kegel und Bettina Heidenreich waren in einem Neubau am Botanischen Garten verschwunden, und sie hatte gewartet – wütend gewartet. Nur wegen dieser schlampig angezogenen Autorin war sie ihren Job und ihre Beförderung los! Und auch die Auseinandersetzung mit ihrer Mutter hätte niemals stattgefunden, hätte sich Linn Kegel nicht ausgerechnet in Osnabrück versteckt. Dann hätte sie ihre Eltern nicht besucht und ihre Mutter und sie wären nicht aneinandergeraten.

Maggie-Venus griff nach ihrem Smartphone und öffnete die Twitter-App.

»Linn Kegel ist eine blöde Bitch!«, postete sie als *Cheyenne99*. *Fred Kühn* kommentierte direkt: »Privat ist das ja eine graue Maus. Kein Mann würde die auch nur mit der Kneifzange anfassen!« Und *Selberdenker* ergänzte: »Die ist eh zu alt. Frauen über 40 sind ätzend. Braucht kein Mensch. Warum darf die überhaupt noch ins TV?«

Es würde nur Minuten dauern, bis auch andere Accounts darauf ansprangen. Da war sie sich sicher.

Sie legte das Handy schnell weg, als sie gesehen hatte, wie Kegel und Heidenreich das Haus wieder verließen.

»Kaffee und Kuchen ist wohl schon vorbei«, sagte sie giftig. Da sie mitbekam, wie die beiden in den Botanischen Garten einbogen, setzte sie ihre Verfolgung zu Fuß fort und beobachtete, wie sie Käsebrote mit Cola verschlangen.

Das nennt sich dann wohl normales Essverhalten, dass ich nicht lache, dachte sie.

Würde sie noch für die *Trash n' Art* arbeiten, hätte sie Fotos gemacht und unter der Überschrift *Linn Kegels geheime Gelüste* veröffentlicht.

Wieder musste sie an das unerfreuliche Gespräch mit Martin denken. Gefeuert, sie war gefeuert. Dabei brachte aktuell niemand so viele Klicks wie sie. Das durfte sie sich nicht gefallen lassen. Maggie-Venus fühlte die kalte Feile in ihrer Jackentasche. Sobald sich diese Heidenreich mal entfernte, könnte sie zuschlagen. Aber diese Regisseurin klebte ja wie eine Klette an der Kegel. *Lesbisch! Reporterin der Trash n' Art löst Rätsel um Kegels Männerhass* – auch das wäre eine hervorragende Headline.

Sie warf einen Blick auf die Twitter-App. Achtzehn Personen hatten ihren Bitch-Tweet bereits geliked. Das hätte zwar mehr sein können, war aber nicht schlecht. Jetzt war ihr Account *Netzelfe* an der Reihe. Die teilte den Post von *Cheyenne99* mit dem Kommentar *Nieder mit Linn Kegel! Wir brauchen weder ihre Bücher noch ihr saudummes Gelaber!* und verlinkte zudem die Sender und Sendungen, in denen Linn in den letzten Wochen aufgetreten war. Gleich würde die Welle Fahrt aufnehmen.

Dann waren Heidenreich und Kegel aufgestanden und einem Mann im völlig unmodischen Anzug zurück zu dem Haus am Westerberg gefolgt.

Was zum Teufel wollten sie wieder hier? Hatten sie noch nicht genug Kuchen gegessen? Oder wohnte in dem Haus etwa Kegels neuer PR-Berater, mit dem sie ihren nächsten Auftritt besprach? Oder – und an dieser Stelle spürte Maggie-Venus grellen Neid – oder das Haus gehörte einem TV-Produzenten und Kegel würde bald eine eigene Sendung bekommen!

Das musste sie unbedingt verhindern. Nur wie, ohne *Trash n' Art?* Wieder griff sie nach der Feile in ihrer Jacke. Das konnte doch so schwer nicht sein.

Die drei – der Mann im Anzug und seine beiden Verfolgerinnen – gingen allerdings nicht ins Haus, sondern in den dahinterliegenden Garten. Doch anders als die Regisseurin und die Kegel hatte sie gesehen, dass ein alter Mann am Fenster stand und ebenfalls beobachtete, wie sie über eine Treppe im Hang verschwanden.

Was geschah hier? War das etwa das Treffen einer geheimen Sekte? Oder waren Kegel und Heidenreich Teil eines Drogennetzwerks? Vielleicht sogar die Chefinnen? Maggie-Venus witterte Großes. Sie folgte ihnen, darauf bedacht, dass der alte Mann sie nicht bemerkte.

Im Schatten der Hecke bezog sie erst einmal Stellung und reckte den Kopf in Richtung Gartenkeller. Sie formulierte bereits die Headlines. *Das schmutzige Geheimnis von Linn Kegel* oder *Dafür nutzt Linn Kegel ein Geheimversteck*. Wenn sie das Martin erzählte, würde er sie bestimmt wieder einstellen.

Und dann sah sie ihn. Der alte Mann hatte seinen Posten am Fenster verlassen und lief zur Tür im Hang. In der Hand eine Pistole. Der Schreck fuhr Maggie bis ins Mark und riss sie unsanft aus ihren Skandalisierungsträumen.

Dieser Mann hatte eine Pistole! Eine wirklich echte! Und damit hatte er gerade den unterirdischen Keller betreten, in dem die Kegel mit den beiden anderen verschwunden war. Was hatte er vor? Trotz der offen stehenden Tür konnte sie nicht genau verstehen, was im Hang gesprochen wurde. Doch sie hörte Gebrüll. Und irgendwann kam der Alte zurück, schloss die Tür ab und verschwand in seinem Haus.

Die Kegel und die anderen waren eingesperrt. Maggie-Venus war verwirrt. Ein Teil von ihr empfand so etwas wie Schadenfreude. Ein anderer, größerer, jedoch Unbehagen und Panik. Was sollte sie tun?

Wieder zückte sie ihr Smartphone.

Was ihr hier schreibt, ist frauenfeindlicher Dreck. Schämt euch!, hatte eine *Nicole Wüterin* kommentiert. Seltsam. Die war in ihrer Bubble bislang nie aufgetaucht. Und ein Account namens *NöNö* hatte den Post von *Netzelfe* mit dem Kommentar geteilt: *Schon wieder Hass gegen Linn Kegel, weil sie es wagt, als Frau sichtbar zu sein. Schicken wir ihr einen Candy-Storm #LinnKegelLove! Keine Chance dem Frauenhass!* Innerhalb von wenigen Sekunden gab es dafür Like um Like. Maggie-Venus konnte dabei zusehen, wie sich dieser Post verbreitete und Unterstützung bekam.

»Was soll das denn?«, murmelte sie und checkte die Accountseite.

Mit Entsetzen stellte sie fest, dass *NöNö* 215.000 Follower hatte. Ein Mega-Account hatte ihren beginnenden Shitstorm gekapert und ins Gegenteil verkehrt.

Frauenhass? Den Vorwurf fand Maggie-Venus heftig. Was sie tat, war doch kein Frauenhass – sie war doch selber Feministin. Das schloss sich doch aus! Kegel war doch selber schuld, wenn sie in Talkshows ging und die Öffentlichkeit suchte! Da musste sie es halt aushalten, wenn andere über sie schrieben.

Würdest du über einen Mann auch so schreiben, Cheyenne99? Nein, dachte Maggie – aber Männer trugen in der Öffentlichkeit auch keine seltsamen T-Shirts oder Outfits, über die man eine Stilkolumne schreiben konnte.

Sie starrte wieder auf ihr Handy. *Wir haben es satt, wie hier mit Frauen umgegangen wird! #LinnKegelLove*, schrieb jemand.

Der Mann gerade hatte eine Pistole in seiner Hand gehalten. Und sie konnte nicht ausschließen, dass er sie benutzt hatte.

Vielleicht war Linn Kegel bereits tot. Und die anderen auch. Ermordet vor ihrer Nase, während sie blöde Tweets auf Twitter verfolgt hatte.

Maggie-Venus hatte geschluckt. Und dann hatte sie die Polizei angerufen.

Sie

»Sie!«, zischte sie voller Verachtung. »Was soll das? Wie kommen Sie dazu, mich einzusperren?«

»Ich hätte dich ja über die Schwelle des Hauses getragen«, keuchte er mit gepresster Stimme. »Aber das wolltest du ja nicht.«

Sie sah ihn feindselig an. »Und deshalb entführen Sie mich und binden mich in Ihrem Keller an wie einen Hund? Übrigens kann ich mich nicht daran erinnern, dass wir uns duzen.«

»Was spielt das für eine Rolle? Du bist hier bei mir. Fliehen kannst du nicht. Das hast du jetzt verstanden, nicht wahr? Vielleicht gewöhnst du dich besser an mich. Jemand anderen wirst du vorerst nicht mehr zu Gesicht bekommen.«

Sie lachte laut auf. »Was denken Sie sich! Man wird nach mir suchen, wenn ich im Dorf nicht mehr auftauche. Die Leute werden sich fragen, was mit mir passiert ist.«

Er schüttelte grinsend den Kopf. »Leider, leider muss ich dich enttäuschen. Niemand wird nach dir suchen, gar niemand.«

»Was macht Sie da so sicher? Im Gegensatz zu Ihnen bin ich im Dorf beliebt.«

»Das glaubst auch nur du! Das Dorf hält dich für eine Ehrlose! Für eine Hure!«

»Wagen Sie es nicht, solche Lügen über mich zu verbreiten«, brüllte sie ihn an.

Aus seinem Blick sprachen Spott und Überheblichkeit. »Dafür ist es zu spät. In den letzten Wochen habe ich im Dorf dem ein oder anderen gegenüber fallen lassen, dass ich gehört habe, wie Leute über dich geredet hätten. Du wurdest mit verschiedenen Männern gesehen, hätten diese erzählt.«

»Sie sind ein Lügner!«

»Oh nein, nein. Das bin ich nicht. Jedenfalls nicht in den Augen der Dorfbewohner. Ich mag im Dorf vielleicht nicht sehr beliebt sein, aber ich bin immerhin ein angesehenes Mitglied der Gesellschaft. Du hingegen ...!«

Die Geschichte amüsierte ihn sichtlich.

»Unterstehen Sie sich!«

Er trat nahe an sie heran. Wieder spürte sie seinen Atem an ihrem Hals. »Schämst du dich gar nicht? Fünf, sechs, sieben Liebhaber sollst du allein im letzten Monat gehabt haben!« Seine Hand griff nach ihrem Hintern. Knallend landete ihre Hand auf seiner Wange. Er wich zurück, doch grinste immer noch. »Ist es nicht erstaunlich, wie schnell so ein Gerücht die Runde macht? Nur ein, zwei Sätze genügen – und plötzlich lebt es wie von selbst. Erst gestern wurde ich gefragt, ob ich auch schon gehört habe, dass es mit deinem guten Ruf ja nicht weit her ist ...«

»Sie Abschaum!«

Er sah sie aus seinen tief liegenden Augen gierig an. »Die Leute werden nicht nach dir suchen. Nein! Das schlag dir aus dem Kopf! Das Dorf wird glauben, du seist mit einem deiner Liebhaber verschwunden. Einem deiner Stecher! Waren es fünf – oder sind es inzwischen schon über zehn? Über zwanzig? Schon über hundert? Du warst die reinste Dorfmatratze, und alle haben es gewusst, schon immer! Man hat es dir ja auch angesehen. Aufreizend bist du durchs Dorf spaziert! Immer hast du es darauf angelegt. Ach, der Fantasie der Leute sind keine Grenzen gesetzt ... Ich bin gespannt, was sie mir als Nächstes erzählen!«

Sie schüttelte ungläubig den Kopf. »Die Leute kennen mich. Niemals würden sie so über mich denken. Niemals! Ich bin eine unabhängige Frau – und das wird im Dorf respektiert!«

Er lachte schrill. Sie konnte seine fauligen Zähne sehen. »Respektiert? Ich sage dir, wie es weitergehen wird: Erst nach Tagen wird jemand auf die Idee kommen, in deinem Haus nachzusehen. Dort wird man deine Sachen finden. Seltsam, nicht wahr? Mit einem Liebhaber getürmt, aber alle ihre Habseligkeiten hat sie dagelassen? Und weißt du, was dann geschehen wird? Dann wird es keine zwei Stunden dauern, ich verspreche es dir, und im Dorf wird es heißen, du seist selbst schuld, wenn du Opfer eines Verbrechens geworden bist – du hättest schließlich nicht so ein liederliches Leben führen müssen! Und du wirst für die Erziehung von kleinen Mädchen als abschreckendes Beispiel dienen. So endet ihr, wenn ihr nicht anständig seid!«

Sie griff nach einer Kartoffel und schmetterte sie vor seine Brust. Er fing sie auf und schmetterte sie zurück. Die Kartoffel traf ihre ohnehin schmerzende Schulter.

»Warum wolltest du mich nicht? Du hättest dir all das ersparen können! Aber nein: Du bist stolz! Schon wenn man dich im Dorf sieht, strömst du ihn aus, diesen verdammten Stolz! Durch die Art, wie du gehst, wie du sprichst, wie du lachst. Oh ja, vor allem, wenn du lachst. Laut und unbefangen – ganz anders als die anderen. Du hättest mich nur lieben müssen.«

»Sie sind krank!«

»Ja!«, kreischte er. »Krank nach dir! Du machst mich krank! Und du wirst es sein, die mich heilt.«

Sie wich einen Schritt zurück und versuchte, ihrer Stimme so viel Stärke wie nur möglich zu verleihen. »Vergessen Sie, was auch immer Sie vorhaben. Eher bringe ich mich um, als irgendeine Ihrer kranken Fantasien zu erfüllen.«

»Das wollen wir doch mal sehen«, sagte er und kam wieder auf sie zu. Schnell packte er sie am Haarschopf und drehte ihren Kopf Richtung Tür. »Siehst du die Lücke zwischen der Tür und dem Fußboden?«

Worauf wollte er hinaus? Sie nickte.

»Sieh genau hin.« Er ließ ihren Kopf los und ging zur Tür.

Demonstrativ rüttelte er an ihr, überprüfte, ob sie wirklich abgeschlossen war. Dann nahm er den Schlüssel aus seiner Jacke und schob ihn mit Schwung unter der Tür durch.

»Was tun Sie da?«, schrie sie entgeistert.

»Ich gebe mein Leben, um mit dir zusammen zu sein.«

Die Rettung

»Was macht die denn hier? Arbeitet die Polizei jetzt schon mit der Boulevardpresse zusammen?«, fragte Linn verärgert, als sie Maggie-Venus Goligowski neben den beiden Polizisten und einem aufgebracht vor sich hin schimpfenden Professor Malinckrodt in Handschellen in der Bunkertür sah, und Bettina ergänzte: »Ich weiß gar nicht, woher das kommt, aber mir ist gerade so nach Rührei mit Speck. Am besten aus Frankreich …«

»Danke, danke, danke!«, rief Friedemann Klein den Polizisten zu. »Ich bin so froh, dass Sie da sind – ich sah uns schon in dem Bunker verrotten. Vielen, vielen Dank!«

»Freu dich mal nicht zu früh«, unterbrach Paula Zwiesel seine Dankessalve. »Du bist für das alles schließlich mitverantwortlich. Herr Kommissar, ich möchte diesen jungen Mann anzeigen!«

Maggie-Venus druckste herum. »Ich weiß, dass ihr sauer auf mich seid. Das kann ich auch verstehen. Aber ich arbeite nicht mehr für die *Trash n' Art* – und ich habe die Polizei gerufen.«

»Und das sollen wir dir glauben, Katharina? Oh nein, so heißt du ja gar nicht, sondern Maggie-Venus Goligowski. Wissen das die Beamten eigentlich?«

»Wie heißen Sie?«, fragte der eine Beamte. »Können Sie das buchstabieren? Goldikowski?«

»Nein. Vergessen Sie das. Ich heiße Kohlmeier. Margarita Kohlmeier. Aber Sie können Rita sagen.«

»Kohlmeier?«, erwiderte der Polizist. »Wie der Bürgermeister.«

»Ja, wie der Bürgermeister. Ich bin seine Tochter.«

»Das wird ja immer wilder«, kommentierte Linn. »Und du arbeitest wirklich nicht mehr für die Presse?«

»Nope«, antwortete Rita. »Die haben mich nach der Sache mit dem Speck rausgeschmissen.«

»Ich würde gern sagen, dass mir das leidtut, aber das wäre glatt gelogen.«

Rita zuckte mit den Schultern.

»Stopp«, rief Paula Zwiesel, als der andere Polizist ihr die Stufen zum Garten hochhelfen wollte. »Ich gehe hier nicht raus ohne die *Kalte Sophie* und die anderen Bilder.«

»Sie sind verletzt. Sie brauchen einen Arzt. Um den Bunker wird sich die SpuSi kümmern.«

»Nix da, Herr Kommissar«, erwiderte Paula Zwiesel. »Wir gehen da jetzt zusammen rein und holen diese Kisten raus.«

»Unterstehen Sie sich!«, brüllte Professor Malinckrodt. »Die Kisten sind mein Eigentum!«

»Reden Sie keinen Unsinn! Die Kisten sind das Eigentum von Herrn Klein. Nicht wahr, Herr Klein?« Sie warf ihm einen auffordernden Blick zu. »Und der wird sie mir zu Forschungszwecken überlassen. Oder irre ich mich, Herr Klein?«

Der Assistent sah Paula Zwiesel an, dann den Professor, dann die Polizei – und schließlich wieder Paula Zwiesel. Er schien zu begreifen, dass seine Zukunft von seiner Antwort abhing, denn er schluckte. Dann sagte er mit nervös lauter Stimme: »Ganz genau so ist es, Frau Doktor Zwiesel. Selbstverständlich überlasse ich Ihnen die Kisten. Und wissen Sie was? Nicht nur für Ihre Forschung: Ich schenke Sie Ihnen! Alle Bilder gehören Ihnen – und alle hier sind Zeugen.«

»Was?«, schrie Malinckrodt hysterisch und wollte trotz Handschellen auf ihn losgehen. Die beiden Polizisten konnten ihn gerade noch davon abhalten. »Das dürfen Sie nicht. Ich verbiete es Ihnen! Damit zerstören Sie den Ruf von Ferdinand Bramsche!«

»Wir brauchen Verstärkung«, wies der eine Beamte den anderen an. »Und danach schaffst du von mir aus die Kisten raus, sonst werden wir hier nie fertig. Mach aber unbedingt vorher zur Dokumentation ein paar Fotos.«

»Und du, Maggie-Rita-Katharina, hast tatsächlich die Polizei gerufen?«

»Ich bin euch gefolgt.«

»Auch wenn's in diesem Fall für einen guten Zweck war – aber was du da machst, ist Stalking«, erwiderte Linn.

»Und als ich den Alten da mit der Pistole gesehen habe, habe ich getan, was jeder Mensch getan hätte. Ich hoffe, wir sind jetzt quitt. Wenn du wegen mir Ärger hattest, entschuldige ich mich. Ich fürchte, ich habe mich verrannt.«

»Sag das gern auch meinem Verlag.«

»Ist schon geschehen. Die *Trash n' Art* hat alle Berichte über dich aus dem Netz genommen. Und um Twitter kümmere ich mich. Da läuft übrigens gerade ein Candystorm für dich.«

Linn sah nicht besonders überzeugt aus.

»Na komm schon«, sagte Bettina. »Das klingt doch gar nicht schlecht. Du hast den Scheiß überlebt und jetzt stürmt es Zucker.«

»Bis zum nächsten Mal«, kommentierte Linn bitter.

»Bis zum nächsten Mal«, erwiderte Bettina fröhlich. »Wir können uns dann einfach wieder bei irgendeiner Tante oder einem Onkel von mir verstecken – so überstehen wir jeden Shitstorm.« Und an Rita gewendet, fragte sie: »Und wie geht es jetzt für dich weiter?«

Die junge Frau zögerte, dann zog sie die Stahlfeile aus ihrer Jacke und schleuderte sie in die Hecke. »Die brauche ich nicht mehr.«

Bettina schüttelte den Kopf. »Schon mal was von einem Mülleimer gehört? Echt! Und deine Generation will die Welt retten?«

Linn hatte sich bereits wieder Paula Zwiesel zugewendet. »Und was geschieht jetzt mit der *Kalten Sophie*?«

»Ich denke«, antwortete diese, »es ist an der Zeit, dass sich eine wirkliche Expertin mit ihr befasst. Und wenn Sie Lust haben, können Sie gerne mitkommen. Für meine Stirn reicht erst mal ein Pflaster.«

Neuanfang

Das neue französische Lokal hatte nicht zu viel versprochen: Die Atmosphäre war perfekt. Das Licht gedimmt, der Wein köstlich. Trotzdem raste Ulrike Kohlmeiers Herz. So nervös war sie das letzte Mal vor einem Wettkampf als junge Frau gewesen.

»Du siehst so aus, als wolltest du mir etwas sagen. Wie geht es Dieter denn?«

Die Worte kamen wie aus weiter Ferne und rissen sie aus ihrer Starre.

»Ach, alles halb so wild. Auch wenn natürlich alle dachten, er hätte einen Herzinfarkt. Tatsächlich hatte er eine Magenkolik. Er hat eine ganze Packung getrockneter Feigen aufgefuttert. Da muss ein Verdauungstrakt ja durchdrehen. Nach zwei Stunden im Krankenhaus, davon eine auf der Toilette, war alles wieder gut. Er ist schon wieder zu Hause. Aber das war nicht, worüber ich mit dir sprechen wollte.«

»Nicht?«

»Ich wollte dir sagen«, sie war furchtbar nervös, »dass ich Dieter verlasse.«

»Wenn ihm das mal nicht wieder auf den Magen schlägt. Bist du dir sicher?«

»Ich habe heute Nachmittag mit einem Makler gesprochen. Direkt morgen kann ich mir zwei Wohnungen in der City ansehen. Die Frage ist nur ...«

»Ja?«

»Die Frage ist nur, wie groß die Wohnung sein soll.«

»Was meinst du damit?«

Ulrike Kohlmeier nahm ihren ganzen Mut zusammen und griff nach der ihr so vertrauten Hand. »Sedna Zimmermann, möchtest du mit mir leben?«

Um den Mund der Büroleiterin zuckte es freudig. »Ja, das möchte ich.« Ihre grünen Augen blitzten. »Ja, das möchte ich!«, wiederholte sie laut, sodass es im ganzen Lokal zu hören war.

Die beiden Frauen sprangen auf und küssten sich leidenschaftlich.

»Endlich kommst du zur Vernunft«, sagte die Eine.

»Endlich komme ich zur Vernunft«, wiederholte die Andere nach einem weiteren langen Kuss. »Aber das ist noch nicht alles.«

»Ach nein?«, fragte die große Schöne. »Kommt jetzt der Haken?«

Ulrike Kohlmeier atmete tief durch. »Vielleicht hältst du mich ja für verrückt.«

»Nein, das wäre kein Haken.«

»Könntest du dir vorstellen, mich zu unterstützen, wenn ich nächstes Jahr als Bürgermeisterin kandidiere?«

Sedna Zimmermann sah ihre Partnerin überrascht an. »Sieh an, sieh an. Jetzt legst du aber wirklich los.«

Diese hob ihr Glas. »Ich habe lang genug gewartet. Denkst du nicht auch?«

Ihr Gegenüber tat es ihr gleich. »In jedem Fall. Darauf lass uns anstoßen!«

Die Gläser klirrten. Beide tranken einen Schluck.

»Hast du dir schon überlegt, wie Dieter reagieren wird?«

»Worauf? Dass ich ihn verlasse oder dass ich gegen ihn antreten will?«

Sedna Zimmermann sah Ulrike Kohlmeier keck an. »Dass du ihm seine Büroleiterin klaust. Ohne mich ist er komplett verloren.«

Alte Expertise

Als Heidrun Wrangel die Tür öffnete, thronte Robert Dudley bräsig auf ihrem Schoß. »Ach, Sie sind es, Frau Doktor, das ist aber schön, Sie sind wieder da! Was ist denn mit Ihrer Stirn passiert? Und ihre Freundinnen haben Sie auch mitgebracht.« Sie rollte mit ihrem Rollstuhl zurück, sodass Paula Zwiesel mit Linn und Bettina eintreten konnten.

»Lebensretterinnen trifft es besser«, korrigierte Zwiesel und zeigte auf das Pflaster an ihrer Stirn. »Ich habe die Bekanntschaft mit einem Irren gemacht. Die Geschichte erzähle ich Ihnen aber beim nächsten Mal.«

Linn und Bettina gegenüber hatte sie darauf bestanden, nur kurz die Kisten mit den Bildern in ihrer Wohnung abzustellen, dann aber gemeinsam bei ihrer Nachbarin vorbeizugehen. Die zusammengerollte *Kalte Sophie* hatte sie mitgenommen. Linn fand das zwar etwas übertrieben – da sie jedoch nicht einschätzen konnte, was berechtigte Vorsicht und was vielleicht doch eine Nachwirkung der Entführung war, sagte sie nichts.

Jetzt sah Paula Zwiesel ihren roten Kater fragend an. »Dem Earl of Leicester geht es aber gut, was Dudley? Hast du mich gar nicht vermisst?«

Der Kater hob in Wrangels Schoß etwas den Kopf, um sich unter lautem Schnurren sogleich wieder dem Dauerstreicheln der alten Frau hinzugeben.

»So sind sie, die Favoriten. Sobald sie bessere Streicheleinheiten bekommen, sind sie weg.«

Heidrun Wrangel warf dem Kater einen schelmischen Blick zu. »Nur dass dieser Herr sich anders als das historische Original für eine ältere Liebhaberin entscheidet und nicht für die Nichte der Königin, nicht wahr Dudleychen? Setzen Sie sich doch. Ich kann Ihnen zwar gerade keinen Kaffee anbieten, weil meine Hände andere dringende Aufgaben haben«, sie wies mit dem Kinn auf den schnurrenden Earl auf ihren Knien, »aber wenn Sie wollen, machen Sie sich ruhig selber einen. Es steht alles in der Küche.«

»Ich habe sonst auch noch Kekse dabei«, sagte Bettina zum Erstaunen der Runde und zog eine Packung Cookies aus ihrem Trenchcoat.

»Du bist ja wie Hermines Handtasche«, bemerkte Linn. »Du hast nicht zufällig auch noch einen Prosecco dabei?«

»Nein, den habe ich letzte Woche auf einem Spaziergang getrunken und vergessen, aufzufüllen. Sorry.«

Auch nach all den Jahren konnte Linn oft nicht mit Sicherheit sagen, ob Bettina etwas gerade ernst meinte oder sarkastisch.

»Was verschafft mir denn die Ehre?«, fragte die runzlige Frau im Rollstuhl.

»Das würde ich, ehrlich gesagt, auch mal gerne wissen«, raunte Bettina Linn zu. »Was machen wir eigentlich hier?«

Linn war genauso ratlos.

Über Paula Zwiesels Gesicht huschte ein Lächeln. »Wir haben Ihnen etwas mitgebracht.«

»Ach, haben wir?« Linn stieß Bettina in die Seite.

Zwiesel hielt der alten Frau die aufgerollte Leinwand entgegen. »Wenn mich nicht alles täuscht, hat sich Ferdinand Bramsche hier an Leonore Kulmbach abreagiert. Oder wie schätzen Sie das ein, Frau Professorin Wrangel?«

»Professorin?«, riefen Linn und Bettina verdutzt.

Die Frau im Rollstuhl kicherte heiser. »Ja, das überrascht Sie, nicht wahr? Ich war nicht immer alt und faltig, wissen Sie, ich war mal eine ziemlich angesehene Wissenschaftlerin.«

»Ach so?«

»Ich hatte in Osnabrück als erste Frau einen Lehrstuhl in Kunstgeschichte. Und leider blieb ich auch in meiner gesamten Laufbahn die einzige. Das war nicht schön, das können Sie mir glauben. – Aber jetzt zeigen Sie das Bild her!« Heidrun Wrangel griff mit gichtigen Fingern vorsichtig nach der Leinwand. »Katerchen, lass dich nicht stören – aber ich muss mir mal Kunst anschauen. Zum Glück sind diese alten Leinwände widerstandsfähiger, als man denkt.«

Die alte Frau nahm sich Zeit und schaute sich das Gemälde genau an.

»Ein sagenhafter Fund, den Sie da gemacht haben. Das ist ganz ohne Zweifel ein echter Bramsche – und er zeigt eine Art Karikatur von Leonore Kulmbach.« Und zu Linn und Bettina gerichtet, erklärte sie: »Solche Schmähbilder ziehen sich durch die gesamte Kunstgeschichte. Sie kennen wahrscheinlich das Bekannteste: *The Ugly Duchess* von Quentin Matsys aus dem Jahr 1513.«

Während Bettina und Zwiesel eifrig nickten, zuckte Linn nur fragend mit den Schultern. Die Professorin seufzte und fing an zu erklären. »Darauf ist eine alte Frau in vornehmer Kleidung zu sehen. In der Hand hält sie wie ein junges Mädchen eine kleine Rose und zeigt Dekolleté – doch ihre hochgedrückten Brüste sind schrumpelig und ihr grobes, fast männliches Gesicht sieht aus wie das eines Affen, mit viel zu kurzer Nase und schrecklichen Proportionen. Der Maler macht sie als Frau und Liebende lächerlich. Es ist zwar nicht ganz sicher, aber es weist einiges darauf hin, dass auch Matsys sich damit an Margarete von Tirol abgearbeitet hat: Sie war im 14. Jahrhundert eine ziemlich erfolgreiche Herzogin und Landesmutter. Da sie mehrfach verheiratet und den Herren mit ihrer Durchsetzungskraft wohl eher lästig war, erhielt sie von ihnen den Beinamen *Maultasch*, was damals nichts anderes als *Hure* hieß. Einhundert Jahre nach ihrem Tod stellten sich die Leute die Herzogin dann tatsächlich mit verunstaltetem Mund vor – und diese Vorstellung der hässlichen Margarete schaukelte sich von Jahrzehnt zu Jahrzehnt weiter hoch. Bis zu Matsys.«

»Interessant«, bemerkte Linn.

»Vielleicht kommen wir nach diesem Exkurs bitte wieder zurück auf das Bild, Frau Professorin?«, meinte Paula Zwiesel ungeduldig.

Die alte Frau seufzte, tat ihr dann aber den Gefallen. »Dass es sich bei dieser Karikatur um Leonore Kulmbach handelt, steht außer Frage. Man erkennt das unter anderem an ihren Ohrringen.«

»Wusste ich es doch!« Zwiesel jubelte und erntete dafür einen strafenden Professorinnenblick.

»Auch die Art der Frisur, die trotz der inszenierten Verwahrlosung deutlich erkennbar ist, und die Kleidung sind typische Insignien von Kulmbach. Der expliziteste Hinweis ist das Muttermal am Kiefer, das Bramsche natürlich nochmals vergrößert hat. Das ist ganz eindeutig. Es ist auch auf allen Selbstporträts von Kulmbach zu sehen. – Woher haben Sie das Bild?«

»Es ist in einer Galerie aufgetaucht, lag wohl jahrelang auf einem Dachboden«, fasste Zwiesel zusammen.

»Bemerkenswert – und für die Kulmbachforschung ein Meilenstein.«

»Woher wissen Sie das alles?«, fragte Linn beeindruckt.

Die alte Frau lächelte milde. »Ach, Kindchen, weil ich die Kulmbachforschung begründet habe. Ich war die Erste, die sich vor … lassen Sie mich rechnen, sechzig Jahren zum ersten Mal ernsthaft mit Leonore Kulmbach beschäftigt hat. Davor war sie nur ein Name, der ab und zu in irgendwelchen Chroniken auftauchte. Dabei war Kulmbach zu Lebzeiten eine Berühmtheit, und zwar weit über Norddeutschland hinaus! Ich habe versucht, überhaupt erst einmal herauszufinden und zu dokumentieren, wie viel diese Malerin hinterlassen und wo sie überall ausgestellt hat. Bei Künstlerinnen muss man ja immer erst einmal mit dem

Grundsätzlichen anfangen. Dabei konnte ich nachweisen: Antwerpen, Paris, Rom – Kulmbach war überall. Darauf kann die heutige Forschung aufbauen.«

»Als ich vor einem Jahr in dieses Haus gezogen bin«, erklärte Zwiesel, »konnte ich es fast nicht glauben, dass eine Etage unter mir die große Heidrun Wrangel wohnt. Ohne sie wäre ich überhaupt nicht auf die Idee gekommen, mich mit Leonore Kulmbach intensiver auseinanderzusetzen. Ich habe Professorin Wrangel vorher nie persönlich getroffen – aber ihre Bücher und ihre Forschung haben mir buchstäblich den Weg geebnet.«

»Oder Ihnen die Karriere versaut, je nachdem, wie man es sieht«, kommentierte die alte Frau trocken. Und zu Linn und Bettina gewandt, fügte sie hinzu: »Es ist immer noch ein Politikum, wenn sich eine Forscherin mit Frauen befasst. Da hat sich in der Wissenschaft in Deutschland nicht viel geändert. Andere Länder sind da erheblich weiter. «

Die Runde schwieg betreten.

Linn räusperte sich. »Weiß man denn, was aus Leonore Kulmbach geworden ist? War dieses Bild bekannt? Hat es ihr geschadet? Kannte sie es überhaupt? Und warum hat Bramsche es *Kalte Sophie* genannt?«

»Ach, so heißt das Bild?«, sagte die alte Frau und warf noch einmal einen genauen Blick auf die Leinwand. »In der Tat, er hat es hinten sogar vermerkt, das Sackgesicht«, stellte sie nüchtern fest. »Ist nicht nächste Woche wieder Kalte Sophie?«

»Ja, genau«, pflichtete Zwiesel ihr bei. »Ich hatte die These, dass Bramsche diesen Begriff geprägt haben könnte – und er mit diesem Bild eine Metapher für das Wetterphänomen geschaffen hat.«

»Pfff!«, amüsierte sich die Alte. »Das ist ja eine typische Wissenschaftlerthese! Hauptsache, es klingt klug. Damit tun Sie diesem Wiesenzeichner aber wirklich zu viel Ehre an! Ich glaube nicht, dass Bramsche in seinem ganzen Leben irgendetwas Originelles geschaffen hat. Er hat das Moor gemalt und das ganz anständig – aber innovativ? Kein Bisschen! Schauen Sie sich mal die Postkartenmalereien von Henriette Barnim an, die war etwa siebzig Jahre vor Bramsche, und ihre Landschaften sind ein Traum. Ich meine, eine davon trägt sogar den Titel *Kalte Sophie*. Der Begriff stammt garantiert nicht von ihm. Da bin ich mir hundertprozentig sicher. Wahrscheinlich war es in seinem Haus einfach nur kalt, als er das Bild gemalt hat. Oder er hat den Titel gewählt, weil er sich besonders lustig vorkam.«

»Und was wurde nun aus Kulmbach?«

Die Professorin setzte ihren Rollstuhl zurück und rollte an ein zum Bersten volles Bücherregal. Dort zog sie einen dicken Ordner heraus und schob sich an den Couchtisch zurück. Nun sprang der Kater doch vom Schoß auf den Boden und machte dem Ordner Platz.

»Es war immer mein Ziel, eine Biografie über Leonore Kulmbach zu schreiben. Abgesehen von kurzen Lebensabrissen oder Porträts, von denen eines ja auch in Ihrem Buch, Frau Zwiesel, erschienen ist, gibt es nämlich immer noch nichts Vernünftiges. Das hier ist meine Sammlung, ich habe zusammengetragen, was ich konnte. Ich bin jahrelang immer wieder in Archive gefahren und habe nach Hinweisen gesucht. Schauen Sie nicht so: Es ist eben noch lange nicht alles digitalisiert. Und wenn es um Frauen geht, schon gar nicht.«

»Darum ist ja auch die künstliche Intelligenz so dumm«, bemerkte Bettina. »Sie denkt nur mit der Hälfte der Kapazität.«

»Lass uns darüber ein andermal sprechen, Bettina.«

»Also, was wissen wir über Kulmbach? Sie wurde 1759 in Sankt Georgen in Süddeutschland geboren …«

»… im Geburtsjahr von Schiller«, murmelte Linn.

»… und war wohl schon als Kind auffallend begabt. Ihre Eltern, die gemeinsam eine große Brauerei betrieben, förderten das Talent ihrer Tochter. Sie wurde in Antwerpen ausgebildet und lebte als freie Malerin in ganz Europa. Geheiratet hat sie nie. Es sind mehrere Briefe von ihr überliefert, in denen sie schreibt, wie wichtig ihr finanzielle Unabhängigkeit ist. 1793 kam sie dann in diese Gegend und kaufte sich ein Haus in Schelenhorst.«

»Schelenhorst? Da wohnte auch Bramsche!«, rief Linn.

»Gut aufgepasst, junge Frau«, lobte die Professorin. »Die nächsten Jahre war Kulmbach vor allem im Norden aktiv, ich habe Nachweise für Ausstellungen in London und Kopenhagen gefunden. Anfang des 19. Jahrhunderts jedoch verliert sich ihre Spur.«

»Was heißt das?«, fragte Bettina. »Wollen Sie sagen, sie verschwindet einfach?«

»Genau das«, bestätigte Paula Zwiesel. »Das letzte bekannte Bild von Leonore Kulmbach ist auf 1804 datiert. Ihr Neffe hat es auf der Staffelei in ihrem Haus gefunden. Es gab wohl Gerüchte, dass sie in den Jahren vorher mehrere Liebhaber gehabt hat und mit einem durchgebrannt ist. Aber das hätte sie wohl kaum ohne ihre Bilder getan. Der Neffe hat das Haus in Schelenhorst dann 1805 verkauft.«

»Das ist das Todesjahr von Schiller …«, murmelte Linn.

»Haben Sie etwas gesagt?«, fragte die Professorin. »Sie müssen schon lauter sprechen, ich höre nicht mehr gut.«

»1805 ist Friedrich Schiller gestorben – und ich habe mir gemerkt, dass Bramsche im selben Jahr das Zeitliche gesegnet hat. Und jetzt hören wir auch noch, dass Kulmbachs Haus just in diesem Jahr aufgelöst worden ist. Zufall?«

»Linn, worauf spielst du an?«, fragte Bettina.

»Was hast du heute Morgen nochmals zu Bramsches Tod erzählt? Was du bei Wikipedia gelesen hast?«

Bettina sah sie ratlos an. »Keine Ahnung. Da stand nur, dass man Bramsches Leiche 1805 in seinem Keller gefunden hat. Mit eingeschlagenem Schädel. Und dass er vorher mehrere Monate verschwunden war. Ha! Wisst ihr, was das heißt?«

»Was meinen Sie?«, fragte Heidrun Wrangel.

»Denken Sie etwa, dass nicht nur Bramsche ermordet wurde, sondern auch Leonore Kulmbach?«, fragte Paula Zwiesel. »Warum wird dann keine zweite Leiche erwähnt?«

»Weil Männer, die als Genie gelten, keine Leichen im Keller haben«, kommentierte Wrangel trocken.

»Das heißt«, fuhr Bettina fort, »dass Bramsche wahrscheinlich gar nicht im selben Jahr wie Schiller gestorben ist, sondern schon ein Jahr vorher. Nix da mit Supertodesjahr der Kanon-Jungs! Wahrscheinlich hat Malinckrodt sogar das erfunden!«

Die beiden Wissenschaftlerinnen sahen sich irritiert an.

Linn schwieg lange. »So wie es aussieht, hatte die Geschichte für Kulmbach jedenfalls kein Happy End. Huere siech.«

Das Netzwerk

Wie immer, wenn Florian Daubner das Büro von Gustav Graf betrat, fühlte er sich in seine Schulzeit zurückversetzt. Damals war er als Schülersprecher ab und zu zum Rektor gerufen worden, ein unsympathischer Mensch voller Minderwertigkeitskomplexe, doch mit der Macht, seine Interessen durchzusetzen.

Genauso war die Situation mit Gustav Graf zwar nicht. Weder schien ihm das ein Mensch mit Minderwertigkeitskomplexen zu sein – im Gegenteil! – noch befand er sich formal in einem ähnlichen Abhängigkeitsverhältnis wie damals in seiner Schulzeit. Und dennoch beschlich ihn immer wieder dieses eigentümliche Gefühl. Er rang nach Haltung und versuchte, möglichst unaufgeregt zu wirken.

»Daubner, junger Freund!«, begrüßte ihn Graf. »Schön, dass Sie es geschafft haben. Wie läuft das Geschäft? Sind Sie in der neuen Rolle angekommen?«

»Danke, danke, ausgezeichnet«, antwortete er geflissentlich. »Ich kann mich nicht beklagen.«

»Und die Renovierung des Karrees in der Altstadt? Haben Ihnen meine Kontakte in der Bauwirtschaft gute Preise gemacht?«

»Oh ja, sehr gute Preise sogar. Wirklich ganz hervorragend, nochmals vielen Dank!«

»Na, das höre ich doch gern! Dann werden Sie bald loslegen?«

»Absolut, absolut! Nächste Woche schon kommt das Gerüst vors Haus und dann wird saniert, was das Zeug hält.«

Gustav Graf sah aus, als würde ihn das nicht über das Normale hinaus interessieren. Er hatte sein Pokerface aktiviert. Seine eng anliegenden Ohren jedoch färbten sich dunkelrosa und verrieten seine wahre Gemütsregung.

»Wenn das so ist, kann ich Ihnen vielleicht sogar nochmals unter die Arme greifen«, sagte er cool. »Just heute Mittag rief mich nämlich ein langjähriger Geschäftspartner an, der für seine geplante Werbekampagne noch geeignete Flächen in der Innenstadt sucht. Da käme ihm natürlich ein Baugerüst in bester Lage gerade recht. Hätten Sie Interesse? Die Bezahlung wäre mit Sicherheit angemessen.«

Florian Daubner gab sich alle Mühe, seine Begeisterung zu zügeln und ruhig zu bleiben. Ein Werbedeal mitten in der Stadt war mehr als attraktiv! Seine Handflächen wurden feucht. Er räusperte sich.

»Das müssten wir uns natürlich erst im Detail ansehen. Aber prinzipiell würde ich sagen, wieso nicht?« Er täuschte ein Gähnen an. »Um welches Produkt handelt es sich denn?«

Auch Gustav Graf bemühte sich weiter um einen unaufgeregten Geschäftston. Mit offenbar gespielter Ruhe strich er sich übers Kinn. »Metall-Recycling. Passt also auch politisch hervorragend in die Zeit. Sie kennen doch bestimmt den Schrottverwerter Meierbach, draußen an der Rheinerlandstraße.«

»Oh, ich erinnere mich an seine letzte Werbung in der NOZ«, reagierte Daubner etwas zu schnell und ärgerte sich darüber. Nach einer kurzen Pause hatte er sein professionelles Register wieder im Griff. »Das war doch diese nackte Frau mit den zwei Metallteilen vor der Brust und dem Slogan *Wir nehmen auch alte Glocken.*«

»Richtig!«, Gustav Graf lachte anzüglich. »Ein wunderbar spritziger Werbeeinfall.«

Daubner rutschte auf seinem Stuhl nach vorn. Eigentlich fand er solche Werbung überhaupt nicht gut, sondern sexistisch. Frauenkörper als Eyecatcher, ohne jeden Bezug zum Produkt.

Stattdessen machte sich der Slogan auch noch über Frauen lustig. Auf der anderen Seite brachte Werbung auf einem Baugerüst bestimmt viel Geld …

Betont nüchtern stellte er fest: »Sie können Meierbach gerne ausrichten, dass er mich bei Gelegenheit anrufen kann. Vielleicht kommen wir ja zusammen. Es muss ihm nur klar sein, dass er natürlich nicht der einzige Interessent für diesen Standort sein wird.«

»Natürlich nicht. – Und falls ich Ihnen beiden damit geholfen haben sollte, freut mich das. Dafür sind Freunde schließlich da, nicht wahr?«

»Selbstverständlich.«

»Ich würde Sie dann nur bitten, beim Anbringen der Werbeplane darauf zu achten, dass die Werbung bis zum Boden reicht. Können wir so verbleiben?«

Florian Daubner stutzte. Warum war Graf das so wichtig? Im Erdgeschoss war doch die Galerie von Burgel Krull. Aber was ging ihn das schon an? »Das sollte sich machen lassen.«

Nach weiteren zehn Minuten geschäftigen Geplänkels ohne jede Emotion verabschiedeten sich die beiden mit einem kräftigen Händedruck.

»Grüßen Sie Ihren Herrn Papa von mir!«, rief ihm Gustav Graf nach. »Und richten Sie ihm aus, dass er einen ausgesprochenen fähigen Sohn hat.«

»Das werde ich gerne tun. Bis zum nächsten Mal!«

»Bis zum nächsten Mal!«

Damit verließ Florian Daubner das Büro.

Einige Monate später

Etwas mehr als ein halbes Jahr war vergangen, als das Taxi Linn Kegel und Bettina Heidenreich erneut vor der mächtigen Haselhecke abgesetzt hatte. Anders als im Mai hatte diese in der Zwischenzeit eindeutig Bekanntschaft mit einer Heckenschere gemacht. Es gab auch kein ächzendes Gartentürchen mehr. Dieses war einer großen gusseisernen Pforte gewichen, an der ein Schild auf die *Galerie Krull* hinwies. Sogar das Haus war gestrichen und das Türmchen strahlte in frischem Rosé. Über der Eingangstür war ein Banner angebracht: *Misogynie und Hatespeech bei Ferdinand Bramsche – Osnabrücker Sonderausstellung.*

»Hallöchen, ihr zwei!«, begrüßte sie Burgel, die in der Eingangstür bereits auf sie wartete.

»Was ist denn hier passiert?«, fragte Linn.

»Da schaut ihr, was? Ich habe gefühlt sämtliche Handwerker Osnabrücks aktiviert und hier durchgescheucht. Noch nie wurde ein Haus so schnell und so grundlegend renoviert wie meins, ich sag's euch. Aber wenn die mir in der Stadt ein Gerüst vor die Galerieräume knallen, war doch klar, dass ich dort nicht bleiben kann. Zwei Tage nach der Ausstellungseröffnung habe ich gekündigt. Florian, mein Vermieter, war ziemlich geschockt. Selbst schuld – die Galerieräume hat er bis heute nicht wieder vermietet bekommen. Und anstatt einem anderen Vermieter wieder Geld in den Rachen zu werfen, habe ich mir gesagt, saniere ich doch lieber meinen eigenen alten Kahn. Und – tataaaa! Der

Westerberg hat seine erste Galerie! Kommt rein! Hier tanzt der Bär!«

Linn und Bettina staunten nicht schlecht, als sie das Erdgeschoss betraten: Wo vormals alles dunkel und holzvertäfelt gewesen war, öffneten sich nun helle Räume.

»Ich habe meinen privaten Bereich komplett nach oben verlegt, auch Küche und Wohnzimmer. Hier unten ist jetzt ausschließlich Galerie. Geil, oder? Gebt mir mal eure Sachen, ich schmeiß sie eben ins Gästezimmer. Geht schon mal weiter, es sind schon einige Gäste da, die sich freuen, euch wiederzusehen.«

»Ein Glas Champagner?«, fragte eine männliche Hostesse im schwarzen Anzug.

»Unbedingt«, reagierte Bettina. »Wo habt ihr denn die Goldfarbe gelassen?«

»Bitte?«, antwortete der junge Mann. »Was meinen Sie damit?«

»Ach, vergessen Sie's.« Und zu ihrer Begleiterin gewandt: »Wahrscheinlich wollte Burgel Heizkosten sparen, darum müssen die Hostessen heute angezogen arbeiten.« Doch Linn war bereits ein paar Schritte weiter gegangen und stand nun inmitten des großen Ausstellungsraums.

Paula Zwiesel hatte Burgel die komplette Sammlung mit Bramsches Schmäh-Gemälden zur Verfügung gestellt – und diese Zeugnisse seines geballten Frauenhasses machten sich zusammen wahnsinnig gut. Wo jedes einzelne Bild zweifellos die Kraft besessen hatte, die jeweils betroffene Frau gesellschaftlich zu ächten, wirkten die Bilder im Kollektiv wie eine große schräge Anklage gegen männliche Hybris, Diskriminierung und Hatespeech. Eine bunte Sammlung unangepasster, wilder Frauengestalten jeden Alters, die auf Schönheitsideale und Benimmregeln pfiffen und eine selbstbewusste Sexualität ausstrahlten.

Im Zentrum stand dabei Bramsches Meisterstück der Frauenverachtung, die *Kalte Sophie*. Just davor entdeckte Linn Paula Zwiesel und Heidrun Wrangel in ihrem Rollstuhl.

»Frau Kegel, da sind Sie ja! Und Frau Heidenreich auch – wir haben gehofft, dass Sie kommen. Wir haben wundervolle Neuigkeiten für Sie!«

»Wundervolle Neuigkeiten finden wir immer gut. Was gibt's denn?«, fragte Bettina und reichte Linn ein Glas Champagner.

»Willst du, Heidrun, oder soll ich?« Paula Zwiesel schaute ihre Nachbarin aufgekratzt an.

»Wenn du mich so fragst, fange ich mal an«, antwortete die Professorin und ihr runzliges Gesicht strahlte. »Also: Frau Doktor Zwiesel und ich haben beschlossen, das Projekt einer vernünftigen wissenschaftlichen Biografie über Leonore Kulmbach gemeinsam zu verfolgen und unsere Rechercheergebnisse zusammenzulegen. Und inzwischen haben wir auch einen Verlag und einen Zeitplan. Das Buch wird nächstes Jahr erscheinen.«

»Wow«, antwortete Linn. »Sie drücken ja auf die Tube.«

Die alte Frau wiegte den Kopf. »Wir haben eine hohe intrinsische Motivation: Ich werde nächstes Jahr fünfundneunzig. Da müssen wir uns ranhalten. Zum Glück hält mich die Arbeit jung, ich sag es Ihnen – und sie ist anregender als am Fenster zu sitzen.«

»Zumal ...«, Paula Zwiesels Augen leuchteten vor Stolz, als sie den Erzählfaden übernahm, »zumal sich unser Vorhaben in der Szene bereits rumgesprochen hat. Und wir von Wissenschaftlerinnen und Wissenschaftlern aus der ganzen Welt Hinweise zum Leben von Leonore Kulmbach erhalten. Ein Historiker von der Uni Mainz wertet gerade Teilnehmendenlisten von Kulturveranstaltungen in Frankfurt aus – und stößt in den Jahren 1806 bis 1821 immer wieder auf L. Kulmbach.«

»Klasse!«, rief Bettina. »Das wäre ja der Beweis, dass ihr Verschwinden 1804 nicht bedeutet, dass sie dann gestorben ist. Sie ist nach Frankfurt gezogen!«

»Richtig!«, rief Zwiesel aufgedreht.

Linn war skeptisch. »Aber L. kann für alles Mögliche stehen. Auch für Leonhard oder Ludmilla. Das ist doch noch kein Beweis.«

»Das mag tatsächlich sein«, nahm Wrangel die Kritik auf. »Von einer Kollegin aus London haben wir ebenfalls Hinweise auf Veranstaltungen bekommen, an denen eine *Miss Leonore, German Painter* auftaucht.«

»Nicht gerade ein Katzensprung«, bemerkte Bettina. »Aber möglich.«

»Frankfurt, London – was kommt noch? Paris vielleicht?«, kommentierte Linn.

»Geduld, Geduld.« Paula Zwiesel sah sie streng an. »Tatsächlich haben uns Kolleginnen und Kollegen auch Bilder von anderen Künstlern geschickt, auf denen sie Leonore Kulmbach erkennen wollen. Hier zum Beispiel«, sie zückte ein iPad, »das ist ein Bild von Delacroix aus dem Jahr 1811.«

»Delacroix? Das ist doch der Maler, der die Julirevolution mit der barbusigen Marianne gemalt hat, oder?«

»Nicht schlecht, Frau Bestseller. Ein bisschen kunsthistorisches Allgemeinwissen scheint ja doch vorhanden zu sein«, stichelte Bettina.

»Schauen Sie hier!« Der Bildschirm zeigte eine Gesellschaftsszene. Zwiesel vergrößerte eine der Figuren: eine auffallend schöne dunkelhaarige Frau im eleganten Kleid und auffallenden roten Ohrringen. »Die Ähnlichkeit mit Kulmbachs Selbstporträts ist phänomenal.«

»Tatsächlich«, gab Linn zu. »Aber das Gemälde muss doch kein Abbild der Realität sein. Delacroix wollte vielleicht einfach eine schöne Frau malen. Oder er hat sich tatsächlich an einem der Selbstporträts von Kulmbach bedient. Auch das ist noch kein Beweis, wie es mit Kulmbach weitergegangen ist. Zumal die Frau auf dem Gemälde ganz schön jung aussieht.«

»Damit haben Sie natürlich ebenfalls recht, Frau Kegel. Auch wenn ich langsam den Eindruck bekomme, Sie wollen, dass Leonore Kulmbach 1804 umgekommen ist.«

»Ach Quatsch«, verteidigte sich Linn. »Ich mag nur lieber Fakten statt Fiktionen.«

»Baaahaha!«, rief Bettina. »Und das sagt ausgerechnet eine Krimiautorin, die auch schon mal aus ihrer ärgsten Konkurrentin eine Romanfigur macht!«

»Das ist doch was völlig anderes. Wenn ich eine Geschichte schreibe, steht da dick und fett *Roman* auf dem Cover. Da kann ich machen, was ich will. Ich könnte sogar die Geschichte einer völlig fiktiven Malerin erfinden.«

»Dann passen Sie mal auf, was uns eine Kollegin von der Columbia University in New York letzte Woche zugeschickt hat.«

Paula Zwiesel drückte auf ihrem iPad herum und auf dem Display erschien das Porträt einer Frau.

Linn sah es sich an. »Ja?«

Die Wissenschaftlerin freute sich wie ein Kind. »Ich vergrößere die Dame mal. Sehen Sie es jetzt?«

Auf dem Bildschirm war nun nur noch der Kopf der Frau zu sehen. Sie war vielleicht Mitte fünfzig, mit auffallend blauen Augen und vollem, weißem Haar.

»Sehen Sie das? Sehen Sie das Muttermal am Kiefergelenk? Das Bild stammt von der französischen Porträtmalerin Elisabeth Vigée Le Brun und ist auf das Jahr 1813 datiert.«

»Sieh an, sieh an. Das ist bislang mit Abstand die stärkste These. Aber dennoch: Es gibt bestimmt mehrere Menschen, die einen Leberfleck am Kiefergelenk haben. Auch das ist noch kein Beleg, dass es sich um Leonore Kulmbach handelt.«

»Richtig«, ergänzte Heidrun Wrangel. »Aber die Person, die Vigée Le Brun hier porträtiert, heißt Leonore van de Kelder.« Erwartungsvolles Schweigen.

»Linn ist Schweizerin, die versteht das nicht«, erklärte Bettina. »Das ist Holländisch und heißt Leonore aus dem Keller.«

»Und jetzt wird's nochmals richtig interessant«, fuhr Zwiesel voller Begeisterung fort. »Van de Kelder soll 1804 nach Paris gekommen sein und sich dort um misshandelte Frauen gekümmert haben. Sie hatte wohl so eine Art Frauenhaus, auch wenn es den Begriff erst viele Jahre später gab. Was sagen Sie jetzt?«

Linn war immer noch nicht überzeugt. »So sehr ich Ihnen das ja wünschen würde, dass sie ein Lebenszeichen von der verschwundenen Kulmbach finden – aber es hört sich schon sehr konstruiert an. Und was meinen Sie mit *van de Kelder*? Meinen Sie, Kulmbach war damals mit Bramsche im Keller, als er starb? Das wäre ja mehr als ein seltsamer Zufall. Meinen Sie Kulmbach hat ihm den Schädel eingeschlagen und nannte sich von da an so? Wenn Sie das in Ihrer Bio schreiben, verkauft sie sich bestimmt gut. Ich kann Ihnen Kontakte zu einem Boulevardmagazin vermitteln, die sind ganz heiß auf solche Geschichten.«

»Es könnte aber auch ganz genau so gewesen sein«, sinnierte Bettina. »Sehen wir uns doch um: Bramsche hatte ein echtes Problem mit Frauen im Allgemeinen und mit Leonore Kulmbach im Besonderen. Vielleicht ist es nicht nur beim Malen geblieben. Frauenhass ist keine Erfindung unserer Zeit. Was wissen wir schon, was aus all diesen Frauen geworden ist? Gab es damals schon ein Vermisstenregister?«

»Du meinst, er könnte sie ...?«

»Wissen wir's? Seine ganze Biografie ist doch eine Erfindung von Professor Malinckrodt. Es kann auch sein, dass wir es bei Bramsche mit einem verrückten Frauenmörder zu tun haben. Vielleicht kam er bei Leonore Kulmbach schlicht an die Falsche. Sie hat ihm den Kopf eingeschlagen und ist danach ins Ausland geflohen.«

»Kulmbach könnte sich aber auch genauso gut 1804 von einer Brücke gestürzt haben«, relativierte Linn erneut . »Oder sie hat doch noch geheiratet, hat einen anderen Namen angenommen und ist im Kindbett des achten Kindes gestorben. Sicher ist nur, dass sie heute tot ist – genauso wie Bramsche und all die anderen.«

»Wie auch immer«, erklärte Heidrun Wrangel. »Unsere Aufgabe als wissenschaftliche Chronistinnen ist es, das Bekannte transparent aufzuführen und einzuordnen – und dazu gehören auch die Hinweise, die uns erreicht haben. Darauf kann die zukünftige Forschung wiederum aufbauen. Und vielleicht wird eines Tages das Rätsel um Leonore Kulmbachs Verbleib gelöst.«

»Darauf trinken wir!«, sagte Linn, und die vier Frauen stießen an.

»Na, habt ihr euch gefunden?«, fragte Burgel. »Die Ausstellung ist der absolute Hit, nicht wahr? Wir kriegen Berichte rund um den Globus. Diese Bilder sind eine Sensation und zerreißen mal eben fünfzig Jahre Bramsche-Forschung in der Luft. Sogar der Prado in Madrid hat schon angefragt, ob sie sich die Bilder demnächst für eine Ausstellung zu MeToo ausleihen können. Und das Beste: Die wollen jetzt auch bei anderen Malern des Kanons gezielt nach solchen Bildern suchen. Da kommt was ins Rollen, sage ich euch.«

»Gratuliere, Burgel!«

»Und vor ein paar Tagen war sogar ein Interview mit mir in der NEW YORK TIMES – ich muss euch jetzt aber verlassen, da hinten stehen FAZ und dpa. Wie gut, dass ich Gustav Graf nicht eingeladen habe – der würde sich garantiert wie eine Klette an die hängen. Hihi, was der wohl sagt, wenn er rausfindet, dass ich demnächst den *Internationalen Verband der Galeristinnen* gründen werde …« Sie drehte sich schwungvoll um und verschwand laut lachend in der Menge.

»Oh ja, das Interview in der TIMES habe ich gesehen«, sagte Linn schelmisch. »Und wisst ihr, wie die Bildunterschrift lautete: *The gallery owner looks amazingly similar to ex-chancellor Merkel.*«

Bettina nahm Linn zur Seite: »Nicht so laut. Burgel ist in diesem Punkt ziemlich empfindlich.«

»Ach, du gibst also endlich zu, dass sie aussieht wie Merkels Zwillingsschwester?«

»Natürlich gebe ich das zu. Aber nicht in ihrem Beisein. Und das solltest du auch nicht tun.«

»Und warum nicht?«

»Mein Gott, Linn, jetzt lass es doch einfach. Burgel ist seit ihrer Jugend SPD-Mitglied. Das war für sie nicht lustig, auszusehen wie die CDU-Chefin. Sie hatte die Hoffnung, dass es mit den längeren Haaren und der Brille weggeht. Aber das Gesicht bleibt halt.«

»Und deswegen spielt sie allen vor, dass sie wie Judi Dench aussieht?«

»Nein.«

»Nein? Was soll das jetzt wieder heißen?«

»Inzwischen spielt sie es nicht mehr vor. Inzwischen ist sie davon überzeugt.«

»Ihr habt sie doch nicht mehr alle in eurer Familie.«

»Da hingegen hast du absolut recht. Aber sag es ihr trotzdem nicht, sonst nennt sie dich wieder *Lünn.*«

»Frau Kegel!«, rief eine Männerstimme quer durch den Raum. »So sehen wir uns mal wieder!«

Jo Hartmann kam auf sie zugestürmt.

»Was führt Sie denn hierher?«, fragte Linn überrascht.

»Die richtige Frage lautet: Wer fährt Sie denn hierher? Und meine Antwort darauf lautet: Freddy, meine Ex-Mitarbeiterin.«

»Ex? Womit haben Sie sie denn vergrault?«

»Ach, dieses Social-Media-Monitoring macht einen ja mehr verrückt, als dass es uns wirklich was bringt. Und nachdem Ihr Shitstorm endlich vorbei war, war es Freddy schlicht zu langweilig. Jetzt arbeitet sie für die *Trash n' Art.*«

»Ist nicht wahr!«

»Die Welt ist klein und ungerecht. Jedenfalls hat sie mich gefragt, ob ich nicht mitfahren will. Sie schreibt einen Artikel über die Ausstellung …«

»… zum Glück habe ich mich heute gegen ein Motto-Shirt entschieden!«

»… und ich treffe meine Lieblingsautorin.«

»Ach, Hartmann, wer's glaubt, wird selig. Aber ich freue mich auch, Sie zu sehen.«

»Und? Wissen Sie schon, worüber Sie als Nächstes schreiben?«

»Hatten wir nicht vereinbart, dass Sie mir solche Fragen nicht mehr stellen?«

»Ach, Frau Kegel. Eine kleine Ausnahme. Zur Feier des Tages.«

»Das würde mich auch interessieren«, hakte Bettina nach. »Ich habe nämlich wirklich noch ein paar Verwandte, die ich abklappern will, bevor mein neues Engagement anfängt. Du kannst gerne mitkommen, solltest du nichts vorhaben!«

»Allein das ist ein Grund, schleunigst mit einem neuen Buch anzufangen«

Linns Blick blieb an der *Kalten Sophie* hängen. Was war wohl wirklich mit Leonore Kulmbach geschehen?

In dem Moment knallte es und das Licht war plötzlich aus. Die neue Galerie lag in völliger Dunkelheit.

»Keine Panik«, rief Burgel in die Runde. »Ist bestimmt nur die Sicherung. Das hat bei meinen Vernissagen schon Tradition. Aber Hände weg von den Bildern. Sonst setzt es was!«

Linn konnte sich ein Lachen nicht verkneifen. »Ja, Hartmann, ich hätte da so eine Idee.«

Epilog

Endlich ließ sie den Stein fallen und setzte sich erschöpft auf die Holzpritsche. Eine Weile starrte sie vor sich hin. Das hatte er also aus ihr gemacht? Und nun sollte sie hier einfach sitzen und abwarten, bis es auch mit ihr vorbei war?

»Niemals«, murmelte sie. Sie rückte Rock und Bluse wieder zurecht, die er ihr mit seinen widerlichen Händen versucht hatte, vom Leib zu reißen. Und wenn es das Letzte ist, was ich tue, hatte er gesagt. So war es denn auch gekommen.

Sie griff sich einen der Äpfel und biss hungrig hinein. Ihr war bislang gar nicht aufgefallen, dass sie hungrig war.

Was waren ihre Möglichkeiten?

Retten würde sie hier niemand. Dafür lebte Bramsche viel zu zurückgezogen und sein Haus war zu abgelegen. Und sie würde auch niemand suchen, schon gar nicht hier. Warum auch? Wahrscheinlich hatte er sogar recht und es hatte nur ein paar bösartige Sätze benötigt, um sie im Dorf in Misskredit zu bringen. Ein paar Sätze nur und schon waren jede Unterstützung und Akzeptanz dahin.

Leonore Kulmbach schüttelte fassungslos den Kopf. Liebhaber? Und wenn schon! Was ging es das Dorf an, wie sie lebte?

Jetzt jedoch, jetzt gäbe es hier für sie keine Zukunft mehr. So oder so. Wüssten die Leute, was hier wirklich geschehen war, sie würden ihr niemals glauben. Selbst schuld, Hure, Mörderin! Warum hat sie den armen Mann auch um den Verstand gebracht?

Wie konnte er denn wissen, dass sie nicht wollte – so viele Liebhaber wie sie hatte! Wäre sie verheiratet gewesen wie eine anständige Frau, dann wäre ihr das nie passiert!

Sie starrte die Wand an. Durch die Ritzen im oberen Teil des Gemäuers sah sie nun eindeutig Sonnenlicht. Sie warf das Apfelgehäuse auf den leblosen Körper und griff sich den Stein, den sie vorhin unter dem Obst gefunden hatte.

Dann machte sie sich an den Aufstieg.

Danksagung

Aha, Sie gehören also auch zu den Leserinnen und Lesern, die sogar die Danksagung in Büchern lesen. Wie schön! Ich auch. Also dann, here we go:

Danke, Sina Hauer, dass du den ältesten feministischen Verlag Deutschlands weiterführst – und nicht mit der Wimper gezuckt hast, als ich dir vorgeschlagen habe, einen Kicherkrimi ausgerechnet über das völlig unlustige Thema Frauenhass zu schreiben.

Danke, Anne Nagel, für die Erkundungsgänge durch Osnabrück!

Danke an Hildegart Scholten, Jolanda Spiess-Hegglin, Regula Stämpfli und Birgit Verworn für einige besondere Inspirationen!

Und last but not least: Danke, Burkhard Schmiester, dass du auch bei diesem Buch jedes einzelne neue Kapitel hören wolltest, immer wieder mit mir diskutiert hast und überhaupt mein Lebenskomplize bist!

Noch ein Hinweis: Leonore Kulmbach und Ferdinand Bramsche sind erfunden. Ähnlichkeiten mit realen Personen sind zwar wahrscheinlich, aber rein zufällig. Dass Adele jedoch nach den Brit Awards 2022 einen Shitstorm erleben musste, weil sie sagte *I really love being a woman and a female artist*, habe ich mir nicht ausgedacht – und hätte ich mir auch nicht träumen lassen.

Und wie enden Regula Stämpfli und ich immer so schön in *Die Podcastin*: »… und im Übrigen fordern wir die Abschaffung der Männerquote!«

ISABEL ROHNER

Nach *Schöner morden*, *Taugenixen*, *Gretchens Rache* und *Schwarze Petra* (alle Helmer) ist *Kalte Sophie* bereits ihr fünfter feministischer Krimi. Die gebürtige Schweizerin und promovierte Germanistin liebt die kreative Vielfalt. Neben ihren Romanen konzipiert sie Sachbücher wie *100 Jahre Frauenwahlrecht* (Helmer, 2017) oder für die Schweiz *50 Jahre Frauenstimmrecht* (Limmat, 2020) und steht als Teil des Hedwig Dohm Trios auf den Kabarettbühnen. Auch als Mitherausgeberin von Hedwig Dohms Gesamtwerk und Expertin für die Geschichte der Frauenbewegungen hat Isabel Rohner sich einen Namen gemacht, zudem Dohms Biografie (*Spuren ins Jetzt*, Helmer) veröffentlicht und zwei Bände mit Zitaten berühmter Frauen vorgelegt. Zusammen mit der Politphilosophin Regula Stämpfli ist sie Host des feministischen Podcasts *Die Podcastin* (vorgeschlagen für den Grimme Online Award und Netzwende Award).

PRESSESTIMMEN

»SCHWARZE PETRA«

Paperback, 208 S.
ISBN 978-3-89741-458-7

»Kicherkrimi mit geballter Ladung Feminismus. Bei Rohner gibt es zwar keine Toten, dafür wird der Sexismus in der Theaterwelt an den Pranger gestellt.« (Christina Genova, St. Galler Tagblatt)
»Das große Drama der Diskriminierung als Krimikomödie: grotesk-überzogen im Ton und doch mit so viel schmerzhaftem Wiedererkennungswert, dass das Kichern gelegentlich wie bittere Medizin wirkt.« (Marija Bakker, WDR)
»Isabel Rohner ist damit ziemlich auf der Höhe der Zeit.« (Silke Burmester, palaisfluxx)
»Unbedingt lesen!« (Marc Jäggi, Radio 1)

»GRETCHENS RACHE«

Paperback, 208 S.,
ISBN 978-3-89741-451-8

»Hier trifft die spitze, feministische Feder mitten in den patriarchalen Speck.« (Marija Bakker, WDR)
»Was ist besser als Goethes Faust? Gretchens Rache!« (Regula Stämpfli, Die Podcastin)
»Ein großes Lesevergnügen!« (Ida Kretzschmar, Märkische Oderzeitung)
»Isabel Rohner hat das Genre des feministischen Kicher-Krimis erfunden, um zu beweisen, wie wunderbar Feminismus und humorvolle Aufklärung zusammenpassen.« (Katarina Struik, Aviva Berlin)

»TAUGENIXEN«

Paperback, 142 S.,

ISBN 978-3-89741-447-1

»Im Stil von Agatha Christie« (Kölnische Rundschau)
»Furioser Krimi!« (SUPERillu)
»Gerade auf den letzten Seiten läuft die Autorin noch einmal zur Höchstform auf und lässt sogar den jungen Paul Auster inkognito vorbeischneien.« (Rolf Löchel, Literaturkritik)
»Ein erfrischender Kriminalroman mit feministischem Einschlag und queeren Figuren – kurzweilig, spannend und amüsant!« (Silvy Pommerenke, Aviva Berlin)

»SCHÖNER MORDEN«

Paperback, 168 S.

978-3-89741-433-4

»Ein fulminantes Romandebüt« (Coopzeitung)
»Isabel Rohner ist keineswegs bierernst bei ihrer Sache, sondern mit einer grossen Portion Humor.« (Rolf App, St. Galler Tagblatt)
»Geistreich, witzig, espritvoll – Isabel Rohners erster Kriminalroman ist ein kurzweiliger, amüsanter Lesespaß voller Drive« (Tina Groll, Frauenseiten Bremen)

»SPUREN INS JETZT. HEDWIG DOHM - EINE BIOGRAFIE«

Paperback, 160 S.

ISBN 978-3-89741-299-6

»Es gelingt Isabel Rohner, das herkömmliche blasse und bisweilen falsche Bild von Hedwig Dohm zu korrigieren und um neue Facetten zu bereichern.« (Geneviève Lüscher, NZZ)

»100 JAHRE FRAUENWAHLRECHT. ZIEL ERREICHT - UND WEITER?«

Paperback, 199 S.
ISBN 978-3-89741-398-6

»100 Jahre Frauenwahlrecht sind keine Selbstverständlichkeit. Die Publizistinnen Rebecca Beerheide und Isabel Rohner fordern mehr Frauen an Schüsselpositionen in Politik und Wirtschaft und fürchten Rückschritte durch Rechtsruck« (Sabine Dreher, Main-Echo)

»24 Autorinnen feiern 100 Jahre Frauenwahlrecht und erklären, was weiter zu tun bleibt« (Rolf Löchel, Literaturkritik)

»Es ist – auch für Männer – interessant zu lesen, wo sich Frauen heute in der Gesellschaft sehen, wo sie hin wollen und wo sie – für diese Gesellschaft – hin sollten.« (dpa)